Castel Or-Azur

SÉRIE *Lanfeust de Troy*

DANS LA BIBLIOTHÈQUE VERTE

L'ivoire du Magohamoth

Thanos, l'incongru

Castel Or-Azur

ARLESTON – TARQUIN

Castel Or-Azur

Texte de Pat et Chris

HACHETTE

Troy

est un monde surprenant,
où chaque individu possède un,
et un seul pouvoir. Celui-ci peut
être anodin ou utile, ridicule
ou redoutable.

LANFEUST PEUT D'UN REGARD FAIRE FONDRE LE MÉTAL. IL EST DONC DEVENU FORGERON. MAIS SA VIE EST BOULEVERSÉE DEPUIS LE JOUR OÙ IL A DÉCOUVERT QU'AU CONTACT D'UNE CERTAINE ÉPÉE À POMMEAU D'IVOIRE, IL PEUT POSSÉDER **TOUS** LES POUVOIRS, C'EST À DIRE **LE POUVOIR ABSOLU**. C'EST UN FAIT UNIQUE DANS L'HISTOIRE DE TROY.

CIXI ET C'IAN SONT LES DEUX FILLES DE NICOLÈDE. LA BRUNE CIXI EST UNE CHIPIE PROVOCANTE, DONT LE POUVOIR EST DE TRANSFORMER L'EAU EN GLACE OU EN VAPEUR. LA BLONDE ET DOUCE C'IAN, FIANCÉE DE LANFEUST PEUT GUÉRIR TOUTES LES BLESSURES UNE FOIS LA NUIT TOMBÉE.

THANOS LE PIRATE AURAIT PU ÊTRE UN PUISSANT ÉRUDIT, MAIS IL A TRAHI ECKMÜL. IL POSSÈDE LE DON DE SE TÉLÉPORTER AUX ENDROITS QU'IL A DÉJÀ EU L'OCCASION DE VOIR ET DE MÉMORISER ET, COMME LANFEUST, À QUI IL S'OPPOSE, IL EST SENSIBLE AU POUVOIR DU MAGOHAMOTH.

HEBUS EST UN REDOUTABLE TROLL, CRÉATURE SAUVAGE ET IMPITOYABLE HANTANT LES FORÊTS. MAIS LES ENCHANTEMENTS DE MAÎTRE NICOLÈDE ONT TRANSFORMÉ LA BÊTE FÉROCE EN UN JOYEUX COMPAGNON DONT LA FORCE EST APPRÉCIABLE. CEPENDANT CES ENCHANTEMENTS SONT PROVISOIRES, ET PEUVENT ÊTRE ROMPUS...

LE CHEVALIER OR-AZUR VIENT DES BARONNIES, UNE LOINTAINE PRESQU'ÎLE QUI REFUSE LA MAGIE, ET OÙ LES CHÂTEAUX MÈNENT LES UNS CONTRE LES AUTRES DE PERPÉTUELLES GUERRES D'HONNEUR. IL POSSÈDE L'ÉPÉE AU CONTACT DE LAQUELLE LANFEUST DEVIENT L'HOMME LE PLUS PUISSANT DE TROY.

MAÎTRE NICOLÈDE EST LE SAGE DU VILLAGE DONT LANFEUST EST ORIGINAIRE. IL A DÉCOUVERT QUE L'IVOIRE CONFÉRANT LE POUVOIR ABSOLU DE LANFEUST PROVIENT D'UN ANIMAL MYTHIQUE, LE MAGOHAMOTH. IL A DONC CONDUIT LANFEUST À ECKMÜL, LA CAPITALE, AFIN QUE LES ÉRUDITS, GARDIENS DE LA MAGIE, PUISSENT ÉTUDIER SON CAS.

À Benjamin Jacquiod,
Margaux Bousquet,
et Mathis Debien.

chapitre 1

Triples buses
et double vue

Lorsque la splendeur du soir s'étendait sur la cité Eckmül, le spectacle était si beau que certains passants s'évanouissaient sous le coup de l'émotion.

La vue était particulièrement magnifique du haut des remparts du Conservatoire. Le soleil plongeait dans la Mer du Ponant et ses derniers rayons venaient lécher les tours de la ville éternelle. À cette heure, les jardins du parvis étaient bondés d'amoureux venus respirer le parfum des fleurs, d'étudiants déclamant des poèmes, ou de Sages partageant une coupe de vin frais après une journée d'enseignement.

Pourtant, ce soir-là, l'attitude étrange de deux individus tranchaient avec ce tableau paisible.

Tous deux portaient la toge blanche des Vénérables, grands maîtres des Sages d'Eckmül et administrateurs de la cité. Mais surtout, ils marchaient d'un pas pressé en se pinçant le nez...

— Mon cher Bascréan, dit le premier, cette odeur est, comment dire... Épouvantable ? Innommable ? Heu, inqualifiable ?

— Ça pue.

— Voilà, c'est ça. Ça pue. C'est exactement le mot que je cherchais.

Celui qui venait de parler s'appelait Plomynthe. Il était chauve, avec un visage poupin et un triple menton. C'était le genre de déformation professionnelle qu'on finissait par acquérir au Conservatoire, à force de se gratter la tête pour réfléchir ou de s'endormir sur sa poitrine pendant les débats. Le flegme de Plomynthe était célèbre, mais sa gourmandise l'était encore plus. Un bout de gâteau dépassait d'ailleurs d'une de ses poches.

Lorsqu'il le remarqua, il cessa de se boucher le nez et s'en empara, tout en continuant de trottiner.

— Tiens ? Il me reste encore du baba-au-shrink de ce midi. Vous en voulez un bout, Bascréan ?

Son compagnon ne répondit pas. Il arpentait le chemin dallé, les traits déformés par la contrariété. Il était grand et sec, avec des épaules carrées et un cou de buffle (d'après certains, la ressemblance ne s'arrêtait pas là). À chaque nouvelle enjambée, il serrait un peu plus son appendice nasal et aggravait la congestion de son visage, si bien qu'il finissait par ressembler à un ballon de baudruche.

Plomynthe lui lança un coup d'œil inquiet.

— Vous devriez respirer un peu. Je me souviens d'une gramoche qui est morte noyée la semaine dernière : elle faisait à peu près les mêmes grimaces que vous.

Bascréan relâcha brutalement son nez. Il y eut un bruit sec comme l'explosion d'une chambre à air, et son visage retrouva une couleur normale. Il grogna, s'arrêta au pied d'un arbre en fleur et flaira l'air avec suspicion. Il cracha aussitôt de dégoût :

— Par tous les dieux du Darshan, Plomynthe ! Mais comment faites-vous ?

— Pour quoi donc ?

— Pour supporter cela ! (Il agita une main autour de lui.) Votre calme me surprendra toujours. Nous subissons cette puanteur depuis des semaines, et vous vous contentez de hocher la tête ? Cette odeur doit cesser ! Les étudiants ne peuvent plus se concentrer, les professeurs se font porter pâle, et le capitaine des gardes arbore un teint verdâtre des plus inquiétants.

Plomynthe renifla un bout de son gâteau, puis le remit finalement dans sa poche.

— Vous avez raison. L'air de la ville devient nauséabond. Les voyageurs évitent Eckmül et ses abords. Ce matin, les bergers des troupeaux de l'Est sont venus se plaindre : le lait de leurs gramoches commence à tourner. Cela affecte indéniablement la qualité de nos pâtisseries.

— Ça ne m'étonne pas. Cette pestilence doit tourmenter ces pauvres choses velues.

— Les bergers ?

— Mais non, leurs troupeaux. Cette fois, Lignole a sombré dans la sénilité. Il faut que ça s'arrête !

En entendant prononcer le nom de Lignole, Plomynthe haussa un sourcil. Il n'aimait pas que Bascréan évoque leur aîné à la légère. Tous les trois ensemble, ils administraient la cité et une bonne partie du monde de Troy depuis de nombreuses années. Ils avaient affronté des crises et résolu bien des problèmes. À chaque fois, l'intelligence de Lignole s'était montrée précieuse, même si les deux autres avaient parfois du mal à l'admettre.

— Évitons les conclusions hâtives, dit Plomynthe. Le Vénérable Lignole doit avoir ses raisons.

— Qu'est-ce que vous racontez ? Vous ne voyez pas que nous courons à la catastrophe ? Encore une semaine, et les compagnies marchandes refuseront de transiter par Eckmül, tellement l'air devient irrespirable. Adieu la taxation d'import-export...

— Ne soyons pas pessimistes.

— ... les dividendes, la dîme, la gabelle...

— Ne noircissons pas le tableau.

— ... nos avantages en nature...

— Évitons de broyer du noir.

— Et adieu nos repas gratuits au Conservatoire.

— Mille soufflets ! L'heure est grave !

— C'est bien ce que je disais.

Ravi d'avoir rallié son confrère à son opinion, Bascréan se remit en route et s'attaqua gaillardement à la pente qui conduisait à la Haute Terrasse. Plomynthe le suivait quelques pas derrière, s'efforçant de chasser un cortège de mouches. Ils atteignirent ainsi un rempart de pierre sèches, interrompu par un portail de bois décoré. L'origine de l'odeur pestilentielle semblait se trouver derrière.

Bascréan flanqua un coup de pied rageur dans la porte, qui s'ouvrit à toute volée.

— Lignole ! Plomynthe et moi devons absolument vous parler ! Là, tout de suite. Et de préférence maintenant.

Derrière s'étendait la Haute Terrasse, qui offrait une vue imprenable sur Eckmül et une bonne partie du paysage alentour. Les Vénérables avaient l'habitude de s'y retrouver pour aborder les questions importantes. Quelques semaines plus tôt, les trois collègues avaient assisté ici à une séance d'art divinatoire pratiquée par un haruspice : le devin avait dû sacrifier pas moins d'un énorme pétaure, afin de lire dans ses entrailles le gigantesque destin du jeune Lanfeust.

Le cadavre de la bête était toujours là. Des nuées d'insectes tournoyaient joyeusement autour, enivrées par ce parfum épouvantable qui rendait malade une bonne partie de la ville.

La silhouette rabougrie du vieux Lignole émergea avec lenteur de l'ombre d'un bosquet. Il leva sa canne vers les nouveaux arrivants en signe de bienvenue.

— Bascréan, Plomynthe, c'est vous ! Le bruit m'avait fait craindre qu'un troupeau de buffles n'ait envahi le Conservatoire. Venez par ici, notre ami haruspice a découvert un morceau de foie encore lisible.

Bascréan réprima un frisson de dégoût.

— Encore ce charlatan ? Voyons, Lignole, je suis surpris qu'un grand homme comme vous...

— Je ne suis pas grand, je mesure trois coudées.

— Hum, bon. Je voulais dire : un homme

aussi érudit que vous ne peut pas croire aux sornettes d'un tel individu. Tout le monde sait que les haruspices sont de vulgaires coupeurs de viande. Ils prennent leurs ridicules petits canifs, vous taillent une tranche, et vous facturent des honoraires exorbitants.

— Qui parle de moi ?

Un ombre avait surgi derrière Bascréan, brandissant un boyau dans une main et une gigantesque lame dans l'autre. Le Sage, surpris, fit un bond de côté.

— Bonjour, dit l'haruspice avec un sourire plein de dents. Désolé si je vous ai effrayé. (Il lui agita son couteau sous le nez.) Vous trouvez vraiment que ça ressemble à un petit canif ? Peut-être devrais-je essayer de lire l'avenir dans vos entrailles ?

— Certainement pas. Mes tripes sont très bien là où elles sont.

— Silence ! interrompit Lignole. L'heure n'est pas aux querelles stériles. Bascréan : votre impulsivité a déjà failli nous coûter cher, lorsque vous avez ordonné aux gardes de poursuivre Lanfeust, le mois dernier. Tâchez de ne pas oublier qu'il porte le sort de Troy sur ses épaules. (Il se tourna soudain vers son collègue.) N'est-ce pas, Plomynthe ? Qu'en pensez-vous ?

Ce dernier sursauta et rangea précipitamment le gâteau qu'il avait ressorti à la faveur d'un instant de tranquillité.

— Quoi ? Heu... Oui Vénérable, bien sûr Vénérable.

— J'étais sûr que vous seriez de mon avis.

— Faux frère, siffla Bascréan entre ses dents.

— Dites, reprit l'haruspice, si vous avez fini, je vais retourner à mon travail. Toute interruption prolongée entraîne un supplément de prix, vous savez...

Lignole appuya ses deux mains sur sa canne.

— Nous vous écoutons avec attention.

Le devin se racla la gorge, puis posa le pied sur un tabouret et se plaqua une main sur le front dans une attitude pleine de panache.

— Hééééé donc, le capricieux Deeeestinnn — Karaxastin ! — conduit nos hérrrros verrrs...

— Stop, dit Lignole.

— Hein ? Comment ça, stop ? ! Je viens à peine de commencer.

— Oui, mais j'entends le vénérable Bascréan qui rechigne, gratte du pied et me souffle des jurons dans le cou. Il doit souffrir

15

de quelque problème gastrique. J'ai bien peur que nous ne soyons obligés d'interrompre notre séance pour lui administrer une purge intestinale. Faites venir les apothicaires, avec un tonneau d'huile de glubre, un entonnoir et six longueurs de boyau flexible.

Bascréan se mit à danser d'un pied sur l'autre.

— Mais pas du tout. Je vais très bien. C'était juste un gravillon coincé entre mes orteils. Me voilà tout disposé à écouter notre ami. S'il veut bien se donner la peine de procéder....

Lignole esquissa un sourire. Plomynthe s'assit sur une pierre et ressortit son gâteau. L'histoire du devin allait être longue. Les choses devenaient intéressantes.

— Orrr donc, reprit l'haruspice, le regard plongé dans le vague, je soulève le voile du fuuutuuurr, et voici que le jeune Lanfeust m'apparaît. Mmm... Je le vois sur un bateau, en compagnie d'un Sage, de deux filles et d'un troll. D'après la position du soleil, ils font route vers les Baronnies, au nord. Hélas, une ombre plane sur eux ! Je vois des ennuis. Oh ! oui, de très, très gros ennuis...

chapitre 2

Le calme avant la tempête

La felouque fendait les vagues à une vitesse peu commune pour sa frêle armature.

Ses voiles en peau de dragon, gonflées par les vents, propulsaient le navire toujours plus loin vers le nord. La mer devenait grise et froide. Les apparitions du soleil s'étaient raréfiées au fur et à mesure que les jours passaient. Désormais, les rayons ne faisaient plus que de timides incursions entre les nuages, et les courants avaient redoublé de force.

Cixi, accoudée au bastingage, observait

distraitement Lanfeust expliquer à sa sœur C'Ian les rudiments de la navigation.

— Beurk ! Quel temps maussade, ronchonna la brunette. Je préférais la chaleur d'Eckmül. Il n'y a jamais rien à faire sur ce rafiot.

Cixi quitta le plat-bord pour s'allonger dans son hamac.

— Rien à faire, et rien à voir. Rien à acheter. Rien à se mettre. Rien à manger. Non, rien de rien...

— Moi, je ne regrette rien, dit C'Ian.

— Moi pareil, dit Lanfeust. Ni le bien

qu'on m'a fait, ni le mal. Tout ça, ça m'est bien égal.

Le jeune homme avait les yeux perdus dans le lointain. Ça faisait des heures qu'il tenait la barre et il ne s'en lassait pas. Un pli de réflexion barrait son front : il s'imaginait capitaine au long cours loin de son village natal, traversant les océans tel un héros destiné à vivre mille aventures... Quoique, songea-t-il, à bien y réfléchir, il était *effectivement* un héros loin de chez lui, et il vivait *véritablement* mille aventures.

— Ah ! lança Lanfeust, rassuré, ça fait du bien d'être ici ! C'est presque dommage que nous arrivions bientôt.

Cixi lâcha un cri de joie.

— Tu plaisantes ?

— Demain matin, nous serons sur la côte des Baronnies.

— Mais c'est fantastique !

— Pas tant que ça.

Ces derniers mots avaient été prononcés sur un ton lugubre par un homme de taille inférieure à la moyenne. Voire très, très inférieure. Un nain, quoi. Sauf qu'il détestait qu'on l'appelle comme ça. Il ne répondait qu'au nom de Deux-Mesures, et c'était un pirate de la pire espèce, l'un des sbires du redoutable Thanos. Il était à bord avec certains de ses compagnons, Shésami, Modho et quelques autres, en tant que membre d'équipage enrôlé de force.

Deux-Mesures aurait bien déserté à la première occasion — la trahison était chez lui une véritable passion — mais deux choses lui manquaient : du courage, et aussi une occasion. Depuis qu'il était là, Hébus le troll ne l'avait pas lâché d'un œil.

— Ouais, pas tant que ça, répéta-t-il.

C'Ian s'approcha du nain.

— Pourquoi ce ton sinistre ?

— Parce que, à cette vitesse, on sera arrivé avant demain.

— Et alors ?

— Ben, sauf votre respect, mademoiselle C'Ian, les marins préfèrent accoster tranquillement de jour dans un port, plutôt que de s'écraser la nuit contre une falaise.

Une ombre monta derrière le nain et il poussa un couinement. Hébus posa une énorme patte velue sur son épaule.

— Dis donc, l'amuse-gueule, tu devrais pas être au lit ?

— Ne l'abîme pas, dit Nicolède. Nous allons en avoir besoin. C'est lui qui doit nous guider.

Le vieux Sage, à l'abri d'un auvent, scrutait un amoncellement de cartes. À côté de lui tremblotait la lueur d'une lanterne.

— D'après ses notes, la côte est infestée de récifs. On ferait mieux de lui confier la barre.

— Voyez ? Je raconte pas d'histoires, dit le nain.

Hébus fit claquer sa langue. Deux-Mesures sursauta.

— C'est bon, file auprès de Lanfeust, avant que je décide de me faire un apéritif.

Le nain s'exécuta avec une grimace. Le troll verrouilla la cale.

— Les autres pirates sont tous en bas pour la nuit. On va pouvoir ronfler tranquille.

Cixi lui adressa un clin d'œil depuis son hamac.

— Dis, Hébus, j'ai pas sommeil. Tu veux bien nous raconter une histoire horrible pour nous aider à nous endormir ?

Le visage du troll se fendit d'un large sourire. Il aimait bien raconter des histoires trolles. Cixi était très bon public. Il se gratta les poils de la poitrine et toussota dans son poing. Voyons, qu'est-ce qu'il allait réciter ce soir ? Ah oui, « Le Troll et le Feunar ».

— Or donc, déclama-t-il, Maître Feunar

sur un arbre perché, tenait dans son bec une bergère. Un troll vint à passer...

Nicolède poursuivit l'examen de ses cartes. Il soupira. Les Baronnies d'Hédulies n'étaient jamais devenues des puissances maritimes, mais ce n'était pas pour rien. Il y avait essentiellement deux raisons à ça : la côte était infestée de récifs, et le temps pouvait changer d'aspect en quelques minutes.

La troisième raison, moins officielle, était que bon nombre de chevaliers souffraient du mal de mer.

— Je n'aime pas ces nuages, dit-il. Le vent nous propulse à bonne vitesse, mais il commence à y en avoir un peu trop.

Lanfeust attacha Deux-Mesures à la barre avec un nœud de marin. Le garçon avait eu tout le temps d'étudier cette science complexe dans les livres de Nicolède pendant le voyage, il s'était même exercé à attacher Cixi — ce qui avait beaucoup fait rire Hébus, surtout quand elle s'était énervée parce que plus personne ne parvenait à défaire le nœud. Lanfeust observa le ciel.

— Il y a souvent des tempêtes, par ici ?

— Ça arrive, dit le nain.

— Et comment le sait-on ?

— Quand on coule. Mais je veille, vous

pouvez être tranquille. Allez dormir avec vos amis.

— Je préfère rester dans le coin.

Deux-Mesures se renfrogna.

— C'est bien inutile. Vous n'avez qu'à retirer cette corde à mon pied, et je viendrai vous chercher en cas de besoin.

— Sans façon. Je n'ai pas envie d'avoir la gorge tranchée pendant mon sommeil.

— Des semaines que nous sommes en mer, et vous ne nous faites toujours pas confiance ? (Le nain cracha par terre.) C'est vexant, m'sieur Lanfeust.

— Bah ! Vous survivrez à cette humiliation.

Le jeune homme sourit. Tout se déroulait pour le mieux, il contrôlait parfaitement la situation. Demain, ils débarqueraient sur la côte d'Hédulie. Pourquoi se faire du souci ?

— Y pas d'souci : je vais les trancher en deux, les exterminer, les découper en petits morceaux, les...

— Arrête de te faire du mal, Shésami. On ne peut rien tenter tant que le troll est là-haut.

Les pirates dormaient comme ils pouvaient, entassés dans la cale sombre et

23

humide. Ça faisait des jours et des jours qu'ils passaient l'essentiel de leur temps ainsi.

— Qu'est-ce qu'on s'ennuie ! Ah, elle est loin l'époque bénie des pillages, au milieu des flammes et des cris des mourants...

Un rataupe vint frotter son museau contre le ventre obèse du dénommé Modho. Celui-ci souleva une paupière. La créature s'approcha encore un peu. Il tenta de la saisir, mais la bête, plus rapide, disparut avec un piaillement.

— Manger ?

— Non, pas manger ça, Modho. Tu vois bien que c'est une saleté de rataupe !

— Ça pas bon ? Comment toi savoir, si toi pas goûter ?

Une brume verdâtre s'éleva dans la cale.

— Ventrailles ! Qu'est-ce que c'est ? L'un d'entre vous a encore lâché un vent ?

— Ça, pas moi. Moi, jamais péter dans la cale.

— On dirait...

Une forme était en train de se matérialiser.

D'abord une simple silhouette. Puis un homme. Entièrement nu.

— Thanos !

— Pas un bruit, espèces de crétins, fit le

pirate aux cheveux blancs. Que faites-vous là ?

— Ils nous enferment pour la nuit, chef. Il faut vous dire que...

— Je sais, je viens de me téléporter dans notre repaire des îles du Ponant. J'ai tout vu : les rochers écroulés, l'évasion des prisonniers. Où est Lanfeust ?

— Sur le pont.

Thanos plissa les yeux d'un air mauvais.

— Les filles et le vieux sont avec lui ?

Les pirates acquiescèrent.

— Et la cache d'armes, ils l'ont trouvée ?

Shésami secoua la tête.

— On vous attendait, chef.

— Dites plutôt que vous étiez trop lâches pour tenter le coup tout seuls.

— C'est pas ça... Ils ont un allié...

— Lui gros, lui grand, dit Modho. Et surtout : lui troll.

Thanos descella une planche dans le sol. Un éclat de métal brilla dans les ténèbres. En dessous se trouvaient une dizaine d'épées, de sabres et de poignards soigneusement emmaillotés pour ne pas rouiller. Le pirate aux cheveux blancs saisit une dague et passa son pouce sur le fil de la lame.

— Le troll, j'en fais mon affaire. Écoutez-moi bien : je vais me matérialiser sur le pont et vous ouvrir discrètement la trappe. Après ça, vous n'aurez plus qu'à monter à l'assaut. Mes amis, il est temps de reprendre ce bateau par les armes. (Thanos retroussa ses lèvres.) La peur va changer de camp.

chapitre 3

À pirate, pirate et demi

Scintillant sous la lune, les écailles mordorées des poissons-trilles formaient des centaines de petites étoiles à la surface de l'océan. Accoudé à l'avant de la felouque, Lanfeust observait leur course folle qui accompagnait le navire depuis quelque temps.

La côte ne devait plus être très loin, à présent.

Il se remémorait ce qu'il avait appris lorsqu'il étudiait à l'université d'Eckmül. Le *Bestiaire du Monde de Troy*, œuvre d'un collectif de sages itinérants, stipulait en effet que « les poissons-trilles, curieuses créatures marines, pullulent aux alentours des côtes rocheuses et suivent les embarcations en progressant par petits bonds hors de l'eau ».

Fasciné par leurs jeux aériens, Lanfeust se laissa bercer par le roulis et le chant des vagues. Il suçota distraitement un peu de sel accumulé sur ses lèvres, et jeta un œil par-dessus son épaule. À l'arrière, bien à l'abri sous l'auvent, Nicolède et ses deux filles sommeillaient. Non loin, Hébus ronflait entre deux grognements.

Le jeune homme sourit. Tout était paisible.

La mer sombrait peu à peu sous des rouleaux de ténèbres. Lanfeust observa le ciel. De gros cumulus chargés de pluie s'amoncelaient à grande vitesse, poussés par un vent qui grossissait sans cesse.

— Avec cette brise, nous serons en Hédulie avant demain, songea-t-il à voix haute.

— Oui, à condition de ne pas couler avant...

Lanfeust sursauta. Il avait oublié la présence de Deux-Mesures, installé à la barre. Il s'abstint de commentaire et tenta de scruter l'horizon, sans parvenir à distinguer quoi que ce soit. Il soupira et retourna à sa rêverie.

À l'arrière du bateau, Deux-Mesures épiait la crête des vagues. Les hauts-fonds ne tarderaient plus à apparaître, et il savait que seul un moutonnement d'écume permettrait de les repérer. Il prit appui sur la hampe du gouvernail pour changer de position. La corde nouée autour de son pied entama sa cheville et lui arracha un gémissement.

— Maudits soient ces gens ! jura-t-il en silence.

Dans l'esprit du nain se ralluma la flamme de la vengeance. Il n'avait pas digéré l'humiliation que lui et ses compagnons avaient subie sur l'île de Thanos, des jours auparavant. Deux-Mesures riva son regard entre les omoplates de Lanfeust.

— Tu ne perds rien pour attendre, marmonna-t-il. La chance finira bien par tourner. Je saurais te faire payer à la première occasion.

D'étranges volutes verdâtres apparurent devant lui.

— Que...

Il faillit pousser un cri de surprise, mais se ressaisit aussitôt. Il avait appris à reconnaître l'arrivée de son maître. L'instant d'après, Thanos se matérialisa. Un index barrait ses lèvres pour imposer le silence. Sa silhouette musclée s'approcha et, d'un geste, il sectionna la corde qui entravait le nain.

Le regard du pirate aux cheveux blancs fit le tour du navire. La clameur de l'océan couvrait les autres bruits. Cixi se retourna dans son sommeil, et C'Ian se blottit un peu plus dans les bras de son père. Lanfeust était immobile, perdu dans ses pensées. Personne n'avait rien entendu.

— Parfait, chuchota Thanos. Au travail.

Deux-Mesures arrima le gouvernail avec un bout de corde, puis alla prêter main-forte à son maître pour ouvrir la cale.

Un à un, les forbans s'extirpèrent de leur prison. Sous les ordres silencieux de Thanos, ils se coulèrent telles des ombres sur le pont, veillant à ne pas faire tinter leurs épées. Le nain se dirigea vers Lanfeust. Le reste de la troupe encercla le troll endormi. Quant à Mhodo, il s'approcha du Sage et de ses filles.

Deux-Mesures s'avança dans le dos du jeune homme roux. Un frisson de plaisir parcourut son échine. Plus que quelques secondes, et il pourrait abattre son sabre. Un dernier pas et... les planches du pont craquèrent sous le poids du nain.

Lanfeust tourna la tête. La lame brilla sous la lune.

— Les pirates ! Alerte !

Lanfeust s'accroupit, esquivant de justesse un terrible coup d'estoc, puis se redressa face à son agresseur. Son épée était déjà dans sa main.

— Tiens, tiens, Deux-Mesures...

— Je vais te découper ! siffla le nain.

Le forban lança une série d'assauts violents, mais, à chaque fois, sa lame rencontra celle du garçon. Hébus ouvrit un œil : Thanos fondait sur lui pour l'embrocher !

— Gottferdom !

Le troll roula sur le côté et attrapa sa

masse. Le pirate poussa un juron : la pointe de son épée s'était fichée dans le bois du pont. Il s'arc-bouta sur la lame pour la retirer.

— Allez, bande de lâches ! hurla-t-il. Massacrez-moi tout ça !

Nicolède et ses filles s'éveillèrent en sursaut. C'Ian poussa un cri, Cixi sauta de son hamac.

— Bon sang ! souffla la brunette, c'est toujours quand on est tranquille que les ennuis nous tombent dessus.

Elle tâtonna dans un sac de voyage resté au sol. Les silhouettes se rapprochaient inexorablement. Ses doigts se refermèrent sur la poignée d'une casserole.

— C'est mieux que rien.

Elle se retourna, cramponnée à son ustensile. Une ombre difforme occultait la clarté lunaire.

— 'B'jour, jolies madames, susurra Modho entre ses lèvres grasses.

Cixi brandit sa casserole.

— Attention, toi. Nous touche pas, ou bien je hurle et je frappe. Et pas nécessairement dans cet ordre.

— Pas crier, fit le pirate en désignant sa hache d'un air désolé. Ça inutile, moi juste vouloir tuer vous. Pas vous inquiéter : ça juste faire un peu mal au début, mais après plus rien.

Le géant leva son arme.

À l'autre bout de la felouque, Shésami et ses compères s'étaient blottis derrière Thanos. Le pirate aux cheveux blancs avait récupéré son épée et moulinait dans les airs avec furie.

— Mais que faites-vous ? Allez vous battre !

— C'est que, le troll, là, il est encore bien vif...

Hébus s'était débrouillé pour coincer le groupe d'hommes contre le bastingage. Le troll sourit : Nicolède et C'Ian étaient en sécurité derrière lui, à présent.

— C'est vrai, ça, que je suis vif. Huk ! Huk ! Huk ! Fallait pas louper l'Hébus !

— Entièrement d'accord, renchérit Lanfeust.

Le garçon sortit de l'ombre. Il s'avança et jeta aux pieds des pirates le corps inanimé de Deux-Mesures.

— Mon cher Thanos, vous pouvez rayer ce nain du nombre de vos sbires. Avec la bosse que je lui ai faite, il va dormir jusqu'à demain.

En guise de réponse, le visage du pirate rougit et enfla comme s'il allait se craqueler sous l'effet d'une éruption volcanique.

— Allez vous battre, tas de cloportes ! (Thanos frappa Shésami du plat de son épée et distribua des coups de poing aux autres forbans.) Rats de navire ! Trouillards ! Bouses de shrinks ! Allez-y tout de suite, ou c'est moi qui vous décapite !

Un bruit terrible l'interrompit. Le son évoquait une boule de démolition percutant un mur. Tous se tournèrent dans la même direction.

Titubant à demi, Mhodo se frottait le front, là où une bosse enflait à vue d'œil. Il tenta d'articuler une phrase, mais rien ne vint. Il battit des bras pour conserver son équilibre. Ses yeux se révulsèrent et il se fracassa sur le bastingage. Cixi apparut, une casserole déformée à la main.

— Ben dis donc ! Les ustensiles ménagers, c'est drôlement plus utile que je le pensais !

Thanos profita de l'inattention générale pour lancer le signal de l'assaut. Les pirates bondirent, mais Hébus fut plus rapide encore. Il fit tournoyer sa masse et les cueillit de plein fouet, avant de les projeter par-dessus bord. Lanfeust l'accompagna d'une contre-attaque foudroyante, et les derniers forbans s'écroulèrent sur le pont.

— Il ne reste plus que vous, Thanos, dit le jeune homme.

Le pirate demeura immobile, roulant des yeux fous. Hébus tapota sa masse dans la paume de sa main.

— Qu'est-ce qu'on en fait ? Je l'écra-bouille ?

— Non. On va l'interroger.

— Ça m'étonnerait, ricana Thanos. (Il se rua vers le troll, prit appui sur un tonneau et sauta par-dessus sa tête.) Trop lent, boule de poils ! rugit-il en retombant dans son dos.

Thanos enfonça traîtreusement son épée dans le mollet du troll. Hébus poussa un cri.

— Alors, aboya le pirate, qui est le plus rapide ?

Lanfeust s'élança pour défendre son ami, mais Thanos disparaissait déjà dans les volutes de fumée.

— Savourez votre victoire, misérables shrinks ! Vous regretterez le jour où nos routes se croiseront à nouveau...

Son rire s'évanouit. Il avait disparu.

Nicolède regarda d'un œil hébété le pont

de la felouque. Tout s'était déroulé si vite qu'il n'avait pas eu le temps de réagir.

— Comment allez-vous, les filles ?

Cixi lui adressa un signe avec sa casserole.

— En pleine forme, 'Pa.

— Mille enclumes, vous avez vu ça ? dit Lanfeust. C'était Thanos ! Donc, ça veut dire qu'il n'est pas mort !

— Dis donc sœurette, fit Cixi, il est drôlement futé, ton fiancé...

Nicolède fixa les cieux avec crainte. Des nuages noirs zébrés d'éclairs couvraient tout l'horizon. Le vent forcissait encore, et les flots se soulevaient en d'impressionnantes vagues.

— Nous n'avons plus d'équipage et la tempête menace.

— Allons, pas d'inquiétude, dit C'Ian en désignant Deux-Mesures. Le nain revient à la conscience.

Hébus opina.

— Cette fois, je vais le surveiller de près.

Le pirate secoua la tête et les fixa d'un air mauvais, mais au lieu de se rendre, il bondit sur le bastingage. Sa réaction surprit tout le monde.

— Qu'est-ce qu'il fait ?

— Vous êtes perdu ! cracha Deux-

Mesures. Vous n'êtes pas des marins. La tempête va vous broyer comme des fétus de paille !

Il plongea dans les flots déchaînés.

— Il est fou !

Les compagnons se précipitèrent pour le rattraper, et le spectacle auquel ils assistèrent alors les stupéfia : à grandes enjambées (enfin, pour un nain), Deux-Mesures sautait de vague en vague. Il courait sur l'eau comme si elle s'était solidifiée.

— Le traître, murmura Cixi. Il nous avait caché son pouvoir,

Nicolède regarda le pirate s'enfuir, le front barré d'un nœud de rides.

— De toute façon, je crois qu'il a fait une énorme bêtise. Je ne suis qu'un Sage de campagne, mon champ de magie n'est pas assez grand, il va bientôt sortir de son influence. Il ne pourra jamais atteindre le rivage.

Comme pour confirmer ses dires, le nain s'enfonça soudain dans les eaux en furie. La tempête couvrit son hurlement. Leur ultime espoir de mener le navire à bon port venait de couler à pic...

chapitre 4

Histoire d'eaux

À chaque instant, la situation semblait se compliquer un peu plus.

Les nuages avaient dévoré les dernières lueurs de la voûte étoilée et plongé l'océan dans les ténèbres. Bientôt, il fut impossible de distinguer le haut du bas, le ciel de la mer.

Un éclair lacéra l'obscurité. Une odeur d'ozone monta dans l'air, accompagnée des relents âcres du bois brûlé. La felouque gémissait de toutes ses planches, malmenée par les paquets de mer qui noyaient l'entrepont. Et voilà que la pluie s'y mettait à présent.

Le visage fermé, Lanfeust scruta la voilure avec appréhension. Le blizzard glacé qui s'était levé gonflait les voiles au point de les déchiqueter. Déjà, la peau de dragon se fendillait par endroits, tandis que cordages et haubans menaçaient de se rompre.

Il fallait faire quelque chose. Et vite.

— Nicolède ! (Lanfeust secoua le Sage, abasourdi par tant de complications.) Allez vous réfugier dans la cale, vous y serez en sécurité.

D'un geste impérieux, il ramassa les affaires de Cixi et C'Ian qui traînaient et les lança vers la trappe entrouverte. Les jeunes femmes suivirent leur père, effrayées par la violence de la tempête. Lanfeust empoigna le gouvernail et se tourna vers le troll. Celui-ci n'avait pas quitté l'abri précaire de l'auvent, à l'arrière du navire.

— Hébus, je m'occupe de la barre. File à l'avant et essaie de replier les voiles !

Fixant les cieux avec une crainte superstitieuse, le troll maugréa un juron avant de capturer d'un geste vif ses fidèles mouches. Celles-ci se rangèrent sur sa paume, attendant les instructions de leur maître.

— Allez, les filles, on se met à l'abri.

Dans un parfait ensemble, elles s'envolèrent en direction de l'énorme cavité buccale qu'Hébus avait largement ouverte. Lanfeust avait beau avoir assisté à ce phénomène un grand nombre de fois, il était toujours aussi surpris. Le troll claqua ses mâchoires et s'engagea sous la pluie battante.

— Et pourquoi je ne pourrais pas me mettre à l'abri, moi aussi ? grommela-t-il. J'en ai marre de toute cette flotte ! C'est pas un temps à mettre un troll dehors...

Lanfeust tenta de percer l'obscurité pour apercevoir la côte. Toujours rien. À l'avant, Hébus se débattait avec les cordages. Le troll s'efforça de défaire les nœuds qui retenaient les voiles.

— Rhhâaa... Bouse de shrink ! J'y arrive pas !

— Quoi ? Qu'est-ce que tu dis ?

Il régnait à présent un tel vacarme que l'on avait du mal à s'entendre d'un bout à l'autre du navire. La pluie formait une muraille liquide à travers laquelle il était difficile de voir quoi que ce soit.

— J'ai dit : les voiles ne se replient pas !

— T'as qu'à tirer dessus ! vociféra Lanfeust.

— T'es sûr ? Ah bon.

D'un puissant mouvement d'épaule, Hébus hala toutes les cordes à sa portée. Le mât commença à se tordre.

— Ça résiste toujours !

— Tire, je te dis !

— Bon, bon, d'accord...

Le troll empoigna les drisses à deux mains et libéra toute la puissance de ses muscles.

— CRRAAAKKK !

— Oups !

Le haut du mât s'était brisé en deux, abattant la toile.

— « Craakoups » ? dit Lanfeust. Comment ça, « craakoups » ? C'était quoi ce bruit ?

— Heu, rien, rien. (Le troll contempla les débris qui jonchaient le pont.) Un léger contretemps. Mais ne t'inquiète pas, les voiles sont repliées. C'est juste que c'est un peu définitif, comme repli.

— Parfait.

Hébus fut attiré par une forme sombre qui se dressait au milieu de l'eau : des rochers ! Il se précipita à l'arrière.

— Lanfeust, regarde : il y a des cailloux géants ! La côte doit être proche.

— C'est bien ce qui m'inquiète, répondit le jeune homme qui avait de plus en plus de mal à maintenir le cap.

— Ah ? Pourquoi ?

— Parce que les bateaux flottent assez mal sur les rochers pointus. Les trolls ne savent pas ces trucs-là ?

— Ben, tu sais, répondit Hébus d'un air docte, chez nous, tout ce qui touche à l'eau est associé à la propreté : c'est un sujet tabou.

La tempête, ivre de pluie et de vent, était en train de se transformer en ouragan. Le bateau rebondissait d'une vague à l'autre.

Lanfeust fut obligé de s'agripper de toutes ses forces à la barre, pendant que Hébus s'arrimait au mât arrière avec un bout de corde.

Dans la cale, la situation devenait critique. Nicolède et ses filles s'étaient réfugiés derrière une lourde table pour esquiver les objets ricochant contre les parois. Les deux jeunes femmes ne parvenaient plus à dissimuler leur angoisse — sans parler de leur mal de mer. À chaque instant, elles s'attendaient à voir la coque exploser.

— J'veux vomir, ânonna Cixi d'une voix blanche.

C'Ian passa une main dans ses cheveux pour la réconforter.

— Papa, dit-elle, tu crois que nous risquons de couler ?

Nicolède resserra son étreinte autour de ses filles. Sa voix chevrotait à peine :

— Ne vous inquiétez pas. Lanfeust et Hébus sont là-haut. Ils font tout ce qu'ils peuvent.

Cixi leva son faciès livide.

— Alors là, c'est sûr, on est mort.

— Tu es injuste, répliqua C'Ian. Moi, j'ai confian — Hé !

Il y eut un craquement atroce, et ils furent

projetés à l'autre bout de la pièce. Le navire venait de percuter des récifs de plein fouet.

Sous la violence du choc, la coque se brisa en deux. L'arrière se planta dans les rochers et tout ce qui traînait sur le pont fut propulsé par-dessus bord. Lanfeust partit en vol plané sur les esquilles de bois hérissées à l'avant du bateau.

— Nooooon ! hurla le garçon.

Il battit des bras pour tenter d'incurver sa course, mais ne réussit qu'à ajouter du ridicule au tragique de sa situation.

— Reste ici !

D'un bras puissant, Hébus stoppa net la course du jeune homme. Il le reposa délicatement à terre, à quelques pouces à peine d'un pieu effilé.

— Eh bien, souffla Lanfeust, c'était moins une...

— Tu l'as dit. Heureusement que je m'étais attaché au mât et que je t'ai vu passer. Je me demande ce que tu ferais sans moi, ajouta le troll avec un clin d'œil.

Le vaisseau s'était échoué sur une étroite bande de récifs, à quelques dizaines de toises de la côte. Lanfeust observa les éléments déchaînés : impossible d'aller plus loin. Avec un temps pareil, le rivage aurait pu tout aussi bien se trouver à des centaines de lieues. Il se laissa tomber sur un rocher couvert d'algues gélatineuses et réfléchit. Au moins, ils ne bougeaient plus. Il fallait qu'il déniche maintenant un moyen de gagner la terre ferme...

Hébus en profita pour examiner l'arrière du bateau. Dans la cale, Nicolède et ses deux filles devaient être en fâcheuse posture.

— Heu, Lanfeust... Je voudrais pas interrompre ta méditation, mais il faudrait peut-être aider les autres à sortir. Ils doivent être complètement à l'envers, là-dedans. Remarque, je ne suis pas inquiet pour les filles, rembourrées comme elles sont... Mais je crains pour Nicolède.

— Mille enclumes, tu as raison !

— Au sujet du rembourrage ?

Lanfeust fronça les sourcils.

— Hein ? Mais non ! Fonce, au lieu de m'embrouiller !

Quelques instants plus tard, après un sauvetage acrobatique, toute la compagnie prenait pied sur les récifs.

— Je crois avoir aperçu une plage sur la gauche, dit Nicolède en tendant le bras.

Lanfeust plissa les yeux.

— Oui, vous avez raison. Je ne l'avais pas vue, tout à l'heure. J'ai l'impression qu'on peut l'atteindre en passant par les rochers.

— J'espère que tu dis vrai, grommela Hébus, je nage comme une enclume.

Un raclement lugubre monta soudain en intensité. Charriée par une vague, l'épave de la felouque était en train de se disloquer sur les rochers !

Hébus jaugea la situation d'un coup d'œil, poussa un cri d'alarme et saisit les deux jeunes femmes. Il sauta à l'abri d'un surplomb, aussitôt imité par Lanfeust. Un fracas épouvantable s'abattit dans leur dos. Les compagnons se regardèrent : où était passé Nicolède ?

— Nicolède !

Le Sage n'avait pas suivi le reste de la troupe. En équilibre sur un rocher luisant d'écume, il s'efforçait d'éviter les planches qui menaçaient de l'écraser. Soudain, son pied dérapa. Il lutta quelques instants pour conserver l'équilibre puis tomba dans les flots démontés.

Ses compagnons se précipitèrent, horrifiés.

— Papa ! hurla C'Ian.

Cixi s'agenouilla au bord de l'eau, tremblante.

— Il va se noyer ! Je dois geler les flots...

— Surtout pas ! cria Lanfeust. Tu le tuerais. (Le jeune homme réfléchissait à toute vitesse.) Hébus, mets les filles à l'abri sur le rivage. Je vous rejoindrai.

Il scruta les flots à la recherche de la silhouette du Sage. Une trouée dans les nuages laissa filtrer un rai de lune. Là ! Près d'un récif, flottait le corps de Nicolède.

Lanfeust plongea.

La morsure de l'eau glacée tétanisa ses muscles. Il riva ses yeux sur le vieillard. Une vague s'enroula autour du corps inanimé et l'attira vers les profondeurs.

— Non !

Lanfeust prit une brève inspiration et creva la surface. Il faisait noir et horriblement froid. Sa main agrippa le manteau du sage. Il commença à manquer d'air. D'une ruade, il remonta vers la surface, et maintint la tête de Nicolède hors de l'eau.

— Réveillez-vous ! Respirez !

À demi noyé par les vagues, le jeune homme tenta de le ranimer. Sans succès. Il jura.

— Je n'arrive à rien, il faut que je le tire sur la rive. (Il leva la tête.) Mais... Mais, la rive ? Où est-elle passée ?

Les vagues étaient partout autour de lui, noyant sa vue et l'emprisonnant dans un froid glacial. Lanfeust étreignit Nicolède et frissonna de tout son être. Il venait de réaliser que, sans aide, ils allaient mourir tous les deux.

Ni Hébus, qui cherchait un abri, ni les deux filles, vexées d'être ainsi ballottées, n'avaient conscience de la tragédie qui se jouait dans leur dos. Le troll les déposa sur le sable humide d'une petite crique, à quelques coudées de l'entrée d'une grotte. Il soupira d'aise :

— Ah ! On va pouvoir enfin s'abriter.

— Non, dit C'Ian d'un air décidé. Il faut d'abord chercher du bois.

— Pourquoi faire ?

— Pour faire un feu. Ça permettra à Lanfeust de nous repérer.

Cixi tendit l'oreille.

— Dites, on n'a pas entendu un cri, là ?

Les deux autres ne lui prêtèrent aucune attention.

— Moi, je retourne pas dehors, grogna le troll.

— Si.

— Non.

— Si.

— Hé ! s'écria Cixi, c'est fini, oui ? Je vous dis que j'ai entendu crier.

Ses grands yeux fixaient Hébus d'un air implorant.

— Bon, ça va, j'ai compris, maugréa le troll. Je vais voir où ils sont. Mais je vous préviens : si au retour j'entends quelqu'un ricaner à propos de mon pelage frisé, je le dévore !

C'Ian était finalement parvenue à dénicher quelques bouts de bois et à allumer un feu dans la grotte. Une douce chaleur commença à s'installer, repoussant le froid et la pluie. Elle rassembla les feuilles et les épines qui jonchaient le sol pour former un tapis moelleux. Cixi s'assit à côté d'elle, les bras autour de ses genoux.

— J'aime l'aventure, mais là, ça commence à bien faire ! Des monstres, des pirates, des dragons, des tempêtes, et aucun garçon valable à se mettre sous la dent... Y'en a plus qu'assez !

C'Ian sourit.

— Tu vois, toi aussi tu as envie de rentrer au village et de trouver un bon mari.

La brunette abaissa les coins des lèvres.

— Je ne suis pas désespérée à ce point.

Trouant le rideau de pluie, Hébus fit son apparition. Son visage était hilare. Chacun de ses bras tenait une silhouette rabougrie et tremblotante.

— Regardez les drôles de poissons que j'ai pêchés ! C'est du très frais. Du congelé, même. Ça serait bien de les mettre près du feu.

Les jeunes femmes se précipitèrent à leur rencontre. Cixi s'occupa de soutenir Lanfeust, tandis que sa sœur examinait Nicolède.

— Papa a une blessure à la tête. Je m'en occupe, déclara C'Ian.

Sa chevelure blonde s'éleva, et la magie afflua en elle. Elle posa une main bienveillante sur la blessure de son père. La plaie se referma et il reprit conscience. Son visage s'était raffermi, toute trace de souffrance avait disparu.

— Bon, moi, je réchauffe Lanfeust, dit Cixi sur un ton parfaitement neutre. Tiens ? Ses vêtements sont trempés. Allez, enlève tout ça, mon grand...

— Cixiiii ?

La brunette sursauta.

— Heu, oui, C'Ian ?

— Tu n'es pas en train de tripoter mon fiancé, là ?

— Non, non, naturellement.

— Bien. Contente-toi de te servir de ton pouvoir pour faire évaporer l'eau de ses vêtements. Le reste, je m'en charge !

La brunette marmonna un juron entre ses dents.

— Heu... Cixi ? dit Hébus en s'avançant. Tu sais, j'ai froid, moi aussi...

C'Ian tira le troll par les poils et l'attira de son côté.

— Au lieu de dire des bêtises, viens là, que je soigne la blessure que t'a faite Thanos. Ah, grommela C'Ian, tous des enfants...

Quelques minutes plus tard, les compagnons se couchaient devant l'âtre improvisé, le ventre vide, mais le cœur léger. Des pensées plaisantes vagabondaient dans l'esprit de Lanfeust. Après tout, ils étaient parvenus sains et saufs en Hédulie. Il ne leur restait plus qu'à gagner Castel Or-Azur, et leur quête serait terminée. C'était presque un jeu d'enfant. Sur ce constat rassurant, le jeune homme laissa la fatigue l'emporter, et sombra dans le sommeil.

chapitre 5

Colossale erreur !

Dans le cerveau primitif de la créature (si tenté qu'on puisse parler de cerveau), une sensation soudaine était apparue. Une odeur.

La créature eut un frémissement et contracta l'une de ses pinces. Elle tenta d'analyser la chose. Jamais elle n'avait senti un fumet pareil. C'était meilleur que le varech. Meilleur que les pieuvres à bec corné qui barbotaient dans les trous d'eau. Meilleur, même, que les gros grubulbes à crête jaune, qui craquaient entre ses mandibules en produisant ces petits cris si amusants.

Un parfum de nourriture absolument irrésistible.

La créature jeta un coup d'œil vers ses congénères : pas une seule carapace n'avait bougé. Toutes dormaient encore, à demi enfouies dans le sable de la plage. Elle déplia discrètement une de ses pattes. Puis un autre, et une autre encore. Elle avança ainsi avec précaution, essayant de produire le moins de bruit possible. Il fallait absolument qu'elle soit la première à goûter ça.

La créature prit la direction des rochers et s'éloigna en se dandinant...

— Debout tout le monde !

Lanfeust était agenouillé à l'entrée d'une caverne. Il avait ranimé le feu et tenait une brochette fumante dans chaque main.

Au-dehors se levait une aube paisible. Les panaches blancs de la brume matinale commençaient à s'effilocher et découvraient une pointe de bleu. Le ressac faisait doucement rouler les galets les uns contre les autres. Un rayon de soleil frappa le sable. L'air sentait l'iode, la terre se réchauffait. Après la tempête de la nuit précédente, le mauvais temps cédait la place à une magnifique journée.

Le jeune homme tourna les brochettes, rêveur.

— Oh ! Debout, vous autres. Sinon je déjeune tout seul...

Cixi grogna et se tassa contre sa sœur. Les ronflements de Nicolède soulevaient encore les poils de Hébus par intermittence.

— J'ai trouvé des fruits de mer. C'est une merveille, sentez-moi ça...

Un ou deux mouvements animèrent le groupe endormi. Lanfeust fredonna :

— Le soleil vient de se lever, encore une belle journée. Il vient toujours au bon moment, l'ami du petit déjeuner...

Hébus se frotta les yeux. Une étrange odeur lui chatouillait les narines, tout d'un coup. Quelque chose de nouveau, différent des brochettes grillées. Une senteur plus... Comment dire ? Plus *aquatique*, c'était ça.

Le troll ouvrit les paupières, et poussa aussitôt un cri.

— Attention !

Lanfeust eut à peine le temps de se jeter sur le côté : une gigantesque pince se planta dans le sol, à l'endroit exact qu'il occupait une seconde auparavant.

— Funérailles !

Le jeune homme examina la menace, les yeux écarquillés : c'était un crabe énorme. Immense. Heu, colossal, même. En fait, il obstruait l'entrée en totalité.

— Mais quelle est cette horreur ? !

Une seconde pince cingla l'air, droit vers sa poitrine. Une forme sombre fut plus rapide. Elle sauta sur lui et, d'un roulé-boulé, l'entraîna derrière le crabe.

— Ben alors ? Tu bâilles ou quoi ? fit Hébus en se relevant. C'est pas le moment de rêvasser !

Lanfeust se tourna vers le crabe. Celui-ci s'était désintéressé des brochettes — elles l'avaient attiré en premier — pour considérer à présent Nicolède et ses deux filles.

À l'évidence, songea le monstre, la quantité de viande sur ces animaux était plus importante que ces ridicules bâtonnets. Le vieux avait l'air un peu dur à mastiquer, mais les petites créatures braillardes étaient pleines de morceaux intéressants. Il avança vers elles d'une démarche déterminée.

— Flucre ! Il va s'attaquer aux filles, maintenant.

— C'est malin, siffla Hébus. (Il mit ses mains en porte-voix.) Cixi, envoie-moi ma massue, que je puisse nous défendre. Tu n'as qu'à la jeter par-dessus la bestiole.

À l'autre bout de la caverne, la jeune femme évalua l'objet en question : la masse du troll devait peser un peu moins qu'une charrue.

— Il va y avoir un léger problème, dit-elle.

— Ça, c'est certain, grinça Nicolède. Plus un geste, les filles. Nos mouvements attirent cette créature droit sur nous. Si on ne bouge pas, peut-être qu'elle va s'éloigner...

Ils retinrent leur respiration. Le crabe continua d'avancer. Ses mandibules claquaient dans l'air. C'Ian pressa ses mains contre sa bouche pour s'empêcher de crier.

Plus que trois coudées. Deux coudées. Une.

— Yabaha !

Lanfeust sauta sur le dos du crabe, l'épée à la main. Il se cramponna à une excroissance chitineuse et lui assena un coup terrible.

— Et han !

La lame rebondit dans les mains du jeune homme. Il jura, et réitéra sa tentative. Sans effet. Le crabe, agacé, se mit à tourner sur lui-même. Lanfeust lutta pour ne pas être désarçonné. Il finit par lâcher prise, bondit en arrière et se rétablit sur le sol.

— Nom d'un shrink ! La carapace de ce truc est impossible à percer !

Le crabe faisait maintenant face à la sortie de la caverne. Au passage, il avait piétiné le feu comme s'il s'agissait de simples brindilles.

Hébus découvrit ses dents.

— À mon tour, maintenant.

Le troll poussa un feulement et se jeta sur le monstre. Il empoigna les deux pattes les plus proches, et les serra dans une étreinte

implacable. Un craquement sec traversa la caverne. Hébus arracha les pattes et les jeta à terre. Le crabe ne parut même pas s'en apercevoir.

— Gottferdom ! Ça ne lui fait rien ! Jamais vu un morpion de cette taille...

Lanfeust se mit à courir entre les mandibules pour faire diversion.

— Les filles, trouvez quelque chose, bon sang !

— On n'a qu'à souffler dessus, railla Cixi, ça va peut être l'enrhumer...

— Et si on le bombardait ? suggéra C'Ian.

Nicolède et ses deux filles escaladèrent un monticule et entreprirent de projeter des pierres sur le crabe.

— Plus grosses, grommela le troll.

— On fait ce qu'on peut, souffla C'Ian, courbée sous le poids d'un énorme galet.

Soudain, le pied de la jeune femme se déroba. Les pierres glissèrent sous elle, et elle dégringola la pente.

Cixi poussa un cri.

C'Ian releva la tête, sa chute s'était arrêtée. Elle avait atterri à plat ventre, et de la poussière obstruait ses yeux.

— Où suis-je ?

Une ombre immense se déploya au-dessus d'elle.

— C'Ian ! hurla Lanfeust.

La pince s'abattit sur la jeune femme et transperça son dos avec un bruit hideux. Elle fut littéralement épinglée sur le sol. Ses yeux roulèrent en arrière. Une tache écarlate s'épanouit sur le bleu de sa robe.

— Non !

Lanfeust se précipita sur le crabe colossal et se mit à le frapper comme un forcené, cinglant et tailladant au mépris du danger. Ses coups ne produisaient aucune blessure, mais leur violence obligea peu à peu la créature à reculer.

— Saleté ! Je vais te réduire en bouillie !

La carcasse de la bête parut soudain bouger de travers. L'arrière se souleva curieusement, et commença à basculer sur le côté.

— Mais qu'est-ce que...

— Attention, chaud devant ! cria Hébus.

Le troll poussa un rugissement et acheva de redresser la coquille. Elle se retourna et vint s'abattre dans un vacarme épouvantable. Le crabe agita ses pattes vers le ciel. En vain. Il était incapable de se retourner. Une joie féroce emplit le visage de Lanfeust.

— Laisse-moi l'achever !

Il sauta sur le ventre de la bête.

— Ces créatures, c'est comme les gâteaux de ma tante...

Il brandit son épée à deux mains.

— ... Dur dessus, mou dessous.

Il abattit sa lame et transperça la coque. Une gerbe verdâtre explosa dans un bruit écœurant.

— Crève, saleté !

Les pattes du crabe colossal s'agitèrent quelques instants, puis s'immobilisèrent et il ne bougea plus. Lanfeust courut vers sa bien-aimée. Nicolède et Cixi se trouvaient déjà auprès d'elle. Le Sage défit avec précaution les lambeaux de sa robe. La blessure n'était pas belle à voir.

— Cixi, rallume le feu, dit Nicolède. Fais bouillir de l'eau. Il me faut de quoi la panser.

Lanfeust s'agenouilla à côté de sa fiancée. La jolie blonde était aussi pâle que les roches des falaises d'Hédulie. Son corps paraissait froid et sans vie.

— Elle est...

— Non. (Nicolède posa une main sur son épaule.) C'est une vilaine blessure, mais elle respire encore.

— Ne crains rien, mon aimée. Nous allons

attendre la nuit et ton pouvoir te soignera. Ne crains rien...

Le jeune homme répétait les mêmes phrases encore et encore. C'Ian demeura sans réaction.

— Viens, dit Nicolède, je dois te parler.

Il l'attira à l'extérieur, tandis que Cixi prenait soin de sa sœur. Ils s'assirent côte à côte sur une pierre plate. Lanfeust contempla le sol, les yeux dans le vague.

— C'Ian ne pourra pas se soigner elle-même, dit le Sage avec gravité. Elle est touchée au dos.

— Et alors ?

— Sa magie n'agit que sur ce qu'elle peut voir.

— Ça veut dire qu'elle est condamnée ?

— Ça veut dire que nous devons tout faire pour l'aider à se rétablir, mais par des moyens conventionnels. De toute façon, elle est trop faible pour tenter quoi que ce soit dans son état.

Une lueur de détermination s'alluma dans les yeux de Lanfeust.

— Alors nous devons quitter cet endroit tout de suite. Chercher de l'aide.

Hébus surgit.

— Mauvaise nouvelle, les amis. Je viens

d'aller faire un tour en éclaireur : le seul chemin qui nous permet de partir passe entre ces rochers, puis longe la plage sur plusieurs centaines de coudées. Impossible de faire autrement.

— Ça ne fait rien, je porterais C'Ian pendant tout le trajet.

— Ce n'est pas ça. La plage dont je vous parle est infestée de crabes colossaux. D'après ce que j'ai vu, le nôtre était loin d'être le plus gros.

Le visage de Nicolède devint aussi gris qu'une pierre tombale.

— Nous sommes coincés ici, acheva Hébus.

chapitre 6

Le coup de la carapace

Si un jour vous avez la curiosité de consulter l'*Encyclopédia Toutam-Vrak* (publiée aux éditions du Conservatoire, neuf dragons d'argent les quinze tomes, en promotion spéciale, vous nous en direz des nouvelles), jetez donc un œil sur le chapitre « Crabes Colossaux ». C'est entre le paragraphe « Crêpes flambées à l'Armalienne », et un très joli dessin de Crâa le Kraken réalisé par mon neveu, un gamin aux talents de graphiste indéniables. Il est capable de vous dessiner les yeux fermés la silhouette d'une...

Pardon ? On s'éloigne du sujet ? Ah oui, on parlait des crabes colossaux.

Non pas qu'il y ait des tonnes de choses à raconter sur ces bestioles — de toute façon, vouloir les étudier d'un peu trop près vous conduit *encore* plus près : directement dans leur estomac —, mais il est toujours bon de connaître un détail ou deux à leur propos.

Ne serait-ce que pour briller dans les dîners mondains ou rafler tous les points à « Qui veut gagner des dragons ».

Les crabes colossaux, disais-je (ce serait plus facile si vous ne m'interrompiez pas tout le temps, je vous ferais remarquer), sont très grands, et possèdent un tas de couleurs différentes. Il y en a des bleus, des rouges, des jaunes, des verts, et aussi des indigo-pamulfe à rayures vibruzées, bien que cette dernière catégorie soit un peu plus rare, je vous le concède.

Mais surtout les crabes colossaux sont nombreux. Sacrément, même, si l'on en croit les marins qui refusent régulièrement de débarquer le long des côtes d'Hédulie, dont ils infestent les plages (les crabes, pas les marins). Ces monstres dévorent aussi bien les poissons que leurs propres congénères, des pieuvres à bec corné, des pêcheurs de passage, de vieux bouts de bois, des galets, et en gros, il faut bien le dire, à peu près n'importe quoi.

Les crabes sont donc tout sauf affectueux. Heureusement, ils ont un défaut : ils n'ont aucun sens de l'humour. Ce qui vous permet de vous moquer d'eux tranquillement, pendant qu'ils vous dépiautent à grands coups de pince, ha ha ha.

Au moins, vous ne mourrez pas ridicule.

La carapace avançait sur la plage d'une étrange façon : quelques petits pas à droite, un saut à gauche, à nouveau vers la droite, puis un mouvement en avant. L'ensemble était assez ridicule, mais la créature parvenait tout de même à se déplacer.

— Plus vite, fit une voix masculine en dessous. Les autres crabes commencent à nous observer d'une drôle de manière.

Quelqu'un grogna.

— Si vous croyez que c'est facile... C'est moi qui porte tout.

— C'est normal, c'est toi le troll. Dis plutôt à Lanfeust d'arrêter de me donner des coups de pied dans les talons.

— Je fais ce que je peux, Cixi, répondit le jeune homme.

— Comment va ma sœur ?

— Elle est toujours aussi pâle.

— On pourrait pas accélérer ?

— C'est la faute de Hébus. Il est plein comme une outre.

— S'il ne s'était pas goinfré de chair de crabe, aussi...

— Bah, bougonna le troll. Il fallait bien évider la carapace pour pouvoir se cacher en dessous, non ?

— Taisez-vous, souffla Nicolède. Vous allez nous faire remarquer.

La coquille vide dépassa les os d'un draco-

saure blanchis par le soleil. La bête avait commis l'erreur de s'aventurer sur la plage quelques jours auparavant. Les crabes n'en avaient rien laissé.

Lanfeust soutenait sa bien-aimée par les épaules et Nicolède portait ses jambes. Ils dépassèrent en silence un groupe de crustacés en train de dépiauter la carcasse d'un gigantesque poisson échoué sur le flanc.

— Courage, C'Ian, murmura Lanfeust. On y est presque.

Cixi, courbée sous la partie avant de la coquille, examina la falaise qui leur faisait face. Jusque-là, la ruse du petit groupe avait bien fonctionné. Le parcours sur la plage s'était passé sans la moindre anicroche.

— Tourne vers la droite, Hébus.

— Par-là ?

— Mais non, triple shrink, *l'autre* droite.

— Ah, pardon.

Le troll rectifia sa trajectoire.

— Je vois un éboulis, reprit la jeune femme. On devrait pouvoir l'escalader.

C'Ian ouvrit soudain les yeux.

— Mmmm, Lanfeust ? dit-elle à voix haute.

— Chhht...

Elle secoua ses cheveux blonds.

— Lanfeust ? Tu es là ? Je ne te vois pas !

— Dis-lui de rester discrète, chuchota Nicolède.

— Heu, détends-toi, ma douce. Il faut que nous restions discrets.

— Terminé ? Tu as terminé ton travail à la forge ? s'écria C'Ian. Mais c'est merveilleux !

— Chhhht, mais chhhhhhttt...

— Hélas, elle délire, souffla le Sage.

— Et si on allait jouer à la rivière ? brailla la jeune femme.

Un choc sourd retentit à l'extérieur de la carapace.

— Hé, qu'est-ce qui se passe ?

Un second coup ébranla la structure. Hébus cracha un juron. Cette fois, le troll avait bien failli lâcher la coquille qu'il soutenait depuis le début.

— On dirait qu'on a un copain. Il doit vouloir s'amuser.

Cixi regarda en arrière. Des sortes de rochers colorés s'étaient mis en mouvement sur le sable. Elle en compta plus d'une dizaine.

— Lanfeust ! Je vois des pattes ! Plein de pattes !

— Mille enclumes ! On a réveillé toute la plage...

Le jeune homme évalua brièvement la situation. S'ils restaient tous ensemble sous la carapace, ils allaient être submergés par le nombre. Ils risquaient même de ne plus pouvoir la soulever. Et, tôt ou tard, l'un des monstres finirait par avoir l'idée de regarder en dessous.

C'Ian était sans défense. Il n'avait pas le choix.

— Cixi et Nicolède, dit-il, prenez C'Ian et grimpez les rochers le plus vite possible.

La brunette poussa un gémissement. Elle avait horreur, *horreur* des crabes. Sauf en salade.

— On n'aura jamais le temps.

— Aie confiance. Le temps, c'est Hébus et moi qui allons vous le donner...

Lanfeust commença à creuser frénétiquement le sable. Nicolède lui envoya une tape dans le dos.

— Sois prudent, mon garçon.

— Ne vous inquiétez pas. Pour nous, c'est un jeu d'enfant, pas vrai, Hébus ?

Le troll acquiesça, mais la grimace de Lanfeust passait difficilement pour un sourire.

— Allons-y, dit Nicolède. Inutile de nous attarder plus longtemps.

Il souleva un bord de la coquille et tira le corps de C'Ian au-dehors. Cixi frissonna.

— Nous allons jaillir pile sous leurs yeux.

— Oui. J'espère qu'ils n'ont pas appris à monter un éboulis.

Le père et sa fille hissèrent C'Ian sur les rochers. Ils suaient et soufflaient, tirant le corps aussi vite que possible. Derrière eux, des pattes remuaient le sable. Aucun n'osa se retourner. La tension était à son comble.

— Ta sœur est lourde ou c'est moi qui vieillis ? tenta de plaisanter Nicolède.

— La première hypothèse, je dirais. Faudra que je lui parle de régime, un de ces quatre...

Un craquement retentit. Ils firent volte-face en même temps.

— Oh non ! Ils chargent !

Un gigantesque crabe bleu aux pinces luisantes les avait repérés. Il avait escaladé la carapace, et avançait droit sur eux. Cixi poussa un cri.

Des coups sourds retentirent sous la carapace. Le crabe bleu marqua un temps d'arrêt. Est-ce que son congénère, aplati sur le sol, osait marquer sa désapprobation ? Il était pourtant le plus grand et le plus fort. Les coups retentirent à nouveau. Cette fois, pas de doute, c'était bien un défi. Le crabe bleu fit claquer ses pinces. On allait voir ce qu'on allait voir !

Il redescendit, attrapa la carapace et la souleva dans les airs. Il examina l'intérieur avec curiosité : son congénère était décidément très maigre. Il projeta la carcasse vide à plus de dix toises, et elle alla se fracasser sur un rocher. Le cerveau primitif du monstre s'emplit de satisfaction. Au tour des petits animaux braillards, à présent...

Soudain, un mouvement entre les pattes du crabe bleu attira son attention. Il braqua un œil, et vit une masse jaillir du sable. Après quoi il ne vit plus rien du tout.

— Frappe ! cria Lanfeust. L'autre œil, maintenant !

L'arme de Hébus fracassa le second appendice, aveuglant définitivement la créature. Les deux compagnons sortirent de l'endroit où ils s'étaient enterrés, sous le ventre de la bête.

— C'est rigolo, dit Hébus. On utilise la même tactique que les crabes.

— Absolument, fit Lanfeust en plongeant son épée dans le cartilage souple. (Il tourna sa lame et sectionna les organes vitaux du monstre.) Maintenant qu'on a compris le coup, c'est pas compliqué.

Une trémulation agita le crabe et il s'immobilisa. Hébus le repoussa sur le côté.

— Montez sans perdre de temps, cria Nicolède depuis les rochers. Les autres arrivent !

— C'Ian est en sécurité ?

— Oui.

— Alors on grimpe. Hébus, tu viens ?

— Voilà, voilà, maugréa le troll. Pour une fois qu'on rigolait.

Il arracha une patte de crabe et monta à la suite de son ami. Le groupe atteignit bientôt les hauteurs de la falaise et s'arrêta pour souffler. Nicolède regarda en bas.

— Eh bien ! Il s'en est fallu de peu.

— Mmouairrf, chomp chomp, articula le troll entre deux bouchées.

Lanfeust ne put s'empêcher de sourire.

— Qu'est-ce que tu fabriques avec ce morceau de patte ? Tu viens d'en dévorer un entier.

Le troll haussa les épaules.

— Le poisson, c'est très bon pour le cerveau.

— Justement. Je ne suis pas sûr que tu en aies besoin.

Les compagnons éclatèrent de rire. Ils se sentaient soulagés. C'Ian n'allait pas bien, mais au moins étaient-ils tous en vie. Ils jetèrent un dernier regard aux falaises blanches d'Hédulie et aux vagues de la mer du Ponant qui roulaient dans le lointain, puis tournèrent le dos à la côte.

Il était temps de s'aventurer à l'intérieur des Baronnies.

chapitre 7

Mélancolie en Hédulie

Quelques heures plus tard, la petite troupe traversait les landes mornes de l'Hédulie, patrie des lacs sans fond, des manoirs hantés, de la panse de pétaure farcie et, surtout, des soixante-dix-sept Barons. Soixante-dix sept crét... euh, nobles qui passaient leur temps à se battre entre eux au moindre prétexte, sans s'occuper de leurs terres.

Chacun des compagnons se taisait, l'échine courbée par la tristesse et la lassitude. L'épopée des héros semblait tourner à l'aigre et il n'y avait pas grand-chose à dire. C'Ian, blottie entre les bras musculeux d'Hébus, rompit soudain le silence. Elle grimaça de douleur :

— Lanfeust, j'ai mal...

— Ne t'inquiète pas, nous allons te trouver un médecin, mon aimée. Tu seras vite sur pieds.

Le garçon avait du mal à dissimuler ses larmes devant les bandages de fortune imbibés de sang. Les gouttes écarlates laissaient de petites taches sombres au fil de leur progression. Le visage de C'Ian pâlissait d'heure en heure. Ses traits se creusaient et des cernes étaient apparus sous ses yeux.

— Ne mens pas, souffla-t-elle. (Elle fut saisie d'une quinte de toux, puis reprit.) Je ne crois pas que nous aurons un jour notre petite maison près de la rivière.

Lanfeust posa un doigt sur ses lèvres desséchées.

— Tais-toi. Tu dois vivre ! Pour les enfants que nous aurons un jour. Bats-toi. Je t'aime, C'Ian...

Ils échangèrent un long baiser, tandis que le reste de la troupe détournait le regard. Même Cixi n'avait plus le cœur à manifester son dégoût devant cet échange de miasmes salivaires. Nicolède désigna une tour sombre qui s'élevait sur l'horizon morne.

— Regardez, un manoir ! Et qui dit manoir, dit village, affirma le Sage. Ici, chaque seigneur possède son domaine privé au pied des remparts. Hâtons-nous !

En effet, en Hédulie, l'organisation sociale obéissait à des règles simples : chaque baron disposait de chevaliers pour se battre, de soldats pour s'entre-tuer et de serfs pour se nourrir. Afin de limiter les complications, ce petit monde était logé dans le même périmètre : le Baron dans ses somptueux appartements en haut du donjon, les chevaliers quelques étages plus bas, les soldats près des écuries et les paysans au pied de tout ça, dans la fange.

La petite troupe parvint aux alentours d'une modeste bourgade. Des dizaines de demeures au chaume moisi trempait le torchis de leurs murs dans la boue. Les bâtisses étaient alignées le long d'un chemin de terre qui conduisait à une petite forteresse, quelques lieues plus loin.

À l'instar d'un certain village de Souardie, il ne se passait pas grand-chose dans cette agglomération, et le curieux équipage attira aussitôt une foule suspicieuse.

— Des étrangers ! cracha une vieille édentée sur leur passage.

— Sûrement des espions ! renchérit quelqu'un en claquant ses persiennes.

— Qu'il est beauuu..., s'ébahit une adolescente devant Lanfeust.

— Tais-toi et rentre ! rétorqua son père.

En quelques secondes, l'artère principale se vida de ses habitants, à l'exception d'un jeune garçon ébouriffé. Crotté de la tête aux pieds, le visage taché de son, il regardait d'un air béat les étrangers en fouillant consciencieusement sa narine gauche avec son doigt.

— Hep, petit ! l'interpella Nicolède, tu sais s'il y a un médecin dans le village ?

Le garçon extirpa une crotte de nez qu'il essuya sur son tablier. Il aperçut C'Ian et daigna répondre :

— Vous voulez dire pour soigner les gens qui ont mal, comme vot'dame qui pisse le sang, là ?

— Oui, répondit Lanfeust agacé, alors ?

— Et qu'est-ce qu'j'gagne dans c'tte histoire, moi ?

Hébus avança vers le gamin en retroussant les babines.

— En gros t'as le choix entre répondre

vite fait, ou finir dans mon estomac. Ça te
va ?

Le jeune garçon répondit d'une voix tremblante :

— Euh, alors, y a mon grand-père. C'est
lui que les gens vont voir avant de casser
leur pipe. J'veux dire, il les tient en vie le
temps qu'ils payent, quoi.

Le visage de Nicolède s'éclaira.

— C'est bien un médecin. Conduis-nous,
mon garçon !

La demeure de Rognar, médecin de son
état — enfin plus rebouteux que médecin,
mais parfois la différence est subtile —, se
situait légèrement en dehors du village. Une
sordide chaumière, mal entretenue, aux
fenêtres opaques de saleté. Au-dessus de la
porte, trônait le crâne mangé de vermine
d'un loubrik empaillé.

— C'est là, claironna le jeune garçon sur
le seuil de la maison, avant de s'enfuir.

Un vent glacial de déception souffla sur la
petite troupe, mais Nicolède, refusa de som-
brer dans le pessimisme. Il poussa le cham-
branle d'un geste vif.

— Allons-y. Le calvaire de C'Ian va
s'achever.

— Pour ça, je suis d'accord, souffla Hébus. Quant à savoir comment...

À l'intérieur régnait le plus incroyable désordre que l'on puisse imaginer. Cornues poussiéreuses et bocaux fendillés côtoyaient d'incroyables alambics. Des toiles d'araignées constellaient le moindre recoin, envahissant les meubles estropiés qui jonchaient le sol. Un brouhaha s'infiltra du dehors, en provenance des curieux du village.

— C'est qui, ces étrangers chez Rognar ?

— Sais pas. Mais s'ils vont le voir, c'est qu'la fille est foutue !

— Qu'il est beauuu !

Le bruit d'une claque retentit.

— Toi, je t'ai déjà dit de rentrer à la maison.

Soudain, une ombre se détacha d'un coin d'obscurité. Un homme sans âge, au cheveu rare et sale, s'approcha de Nicolède et ses compagnons.

— Vous êtes Rognar, le rebouteux ? demanda le vieux Sage.

La silhouette s'avança dans la lumière. Sur son visage raviné par la gnôle, on lisait une lueur de cupidité. Il renifla bruyamment et gratta l'envie rougeâtre qui lui dévorait le front. Nullement impressionné, Nicolède poursuivit d'un ton ferme :

— Cette jeune fille est gravement blessée. Vous devez la sauver.

Le rebouteux caressa son énorme nez, en arracha un poil disgracieux et répondit d'une voix éraillée :

— Mmm... Quel prix exactement attachez-vous à sa vie ?

— Nous avons les moyens de vous rémunérer convenablement.

— Ou de vous massacrer dans d'atroces souffrances, précisa Hébus.

Rognar soulagea une démangeaison soudaine de son postérieur.

— Ce serait illégal. Et puis, la garnison n'est pas loin...

Il exhiba d'immondes chicots en guise de sourire. Hébus sentit monter en lui une furieuse envie d'écrabouiller le rebouteux, mais Nicolède le retint.

— Nous vous paierons. (Il se tourna vers le troll.) Hébus, dépose C'Ian sur cette table.

Rognar s'avança en claudiquant, le regard avide. Il se pencha sur la blessure avec un sifflement admiratif.

— Boudiou, sacrée entaille ! Et avec de drôles de couleurs ! (Il se redressa pour fixer ses interlocuteurs.) Mais heureusement, le vieux Rognar sait combattre les démons du pourrissement. Au travail.

Le rebouteux attrapa une flasque poussiéreuse.

— Un instant ! C'est quoi, ce truc ?

Lanfeust avait saisi la bouteille avec défiance. Il ôta le bouchon crasseux.

— Bah, une simple médication à base de fruit, précisa Rognar. Fabrication maison garantie.

Lanfeust renifla.

— Mais... Mais, c'est de la gnôle ? !

Le rebouteux récupéra sa bouteille.

— Cet élixir engourdit les sens et tue les esprits malins qui infestent les blessures. Il convient de l'appliquer à l'intérieur... (il but une longue rasade) comme à l'extérieur.

Il déversa le liquide trouble sur la blessure. C'Ian fut agitée de frissons. Son sang s'arrêta de couler et les berges de la plaie prirent une teinte grisâtre. Rognar se tourna vers Cixi, qui n'avait pas osé bouger depuis leur arrivée.

— Petite, remets donc des bûches dans le feu. (Il se saisit d'un tison noir de suie.) Je dois porter cette barre au rouge.

— Hein ? dit Lanfeust. Pour quoi faire, encore ?

— Pour empêcher cette jolie blonde de mourir.

— Alors ne vous trompez pas.

Lanfeust saisit le poignet du rebouteux, le forçant à élever le tison à la hauteur de son regard. Ses mèches rousses se mirent à danser au-dessus de sa tête. La magie affluait en lui. Rognar, éberlué, regarda le métal devenir incandescent.

— Vous... Vous êtes des sorciers, ânonna-t-il.

Il recula, effrayé, et se heurta à la poitrine velue d'Hébus. Le troll sourit.

— Ta malade attend, Rognar !

Le rebouteux, suant et tremblant, appliqua la barre portée au rouge sur la blessure. C'Ian s'époumona de douleur, puis sombra dans l'inconscience. Rognar jeta la barre sur le sol, engloutit une autre rasade et tendit la bouteille à Lanfeust.

— Faites-lui boire une autre lampée de cet élixir dès qu'elle ouvrira l'œil, puis laissez-la dormir.

— Elle survivra ?

— Avec beaucoup de repos, un peu de lait de gramoche et une bonne dose de chance, probablement...

—- Probablement ?

— Sûrement, j'veux dire. (Embarrassé, Rognar avisa Nicolède.) Au fait, maintenant qu'on se connaît, si vous me disiez ce que vous faites dans le coin ?

— Nous devons rejoindre au plus vite Castel Or-Azur.

— En pleine guerre ? Pas facile, ça.

Les compagnons le regardèrent, interloqués.

— De quel conflit parlez-vous ?

Rognar s'assit sur un tabouret auquel il manquait un pied.

— Vous êtes sur les terres du baron Caïrn, dit-il. Mais il vient d'être soumis par le terrible baron Averroës. En tant que vassal, il doit maintenant aider ce dernier à combattre Or-Azur. Et ça, ça s'appelle une guerre.

Lanfeust était atterré. Retrouver le chevalier au milieu d'un champ de bataille avec C'Ian affaiblie lui parut soudain insurmontable. Même Nicolède affichait un masque de découragement. Rognar poursuivit :

— Et puis, il y a des soldats par ici. Ils sont commandés par un officier d'Averroës. S'ils savaient que j'héberge des magiciens complices d'Or-Azur, ma vie ne vaudrait pas cher ! Or justement, elle vaut cher.

— Nous paierons, assura le Sage d'une voix lasse. Quand pourrons-nous partir ?

— Votre amie ne sera pas transportable avant une bonne semaine. (La cupidité faisait briller les petits yeux chafouins du rebouteux.) Ça va faire des frais d'hébergement en plus...

— N'ayez crainte, ils seront honorés.

La lassitude voilait les yeux de Nicolède, il n'écoutait déjà plus. Il étreignit l'épaule de Lanfeust et sortit prendre l'air. Il s'assit sur une pierre, la tête entre les mains. Maintenant que sa fille était aux portes de la mort, la quête de l'épée d'Or-Azur lui semblait bien dérisoire...

chapitre 8

Bien mal acquis, empalé finit

Le premier jour débuta par un drame.

Ou plutôt par un cri. Le genre de cri qui vous glace le sang, et vous pousse à rester blotti sous votre couverture en attendant de savoir ce qui se passe. Enfin, quand on n'est pas un héros. Car lorsqu'on se nomme Lanfeust de Troy, ou Hébus-tout-court, on se précipite au moindre cri. Et c'est d'ailleurs ce qu'ils firent...

À peine éveillés, le poil en bataille et la mèche rebelle, ils firent irruption dans la chambre sordide que Rognar avait mise à disposition de Cixi. La jeune femme, vêtue d'un charmant déshabillé de mousseline rouge, semblait en proie à une crise de démence. Les yeux exorbités, elle s'agitait en tous sens, plaquée contre le torchis émietté du mur. D'un index tremblant, elle désignait une minuscule silhouette recroquevillée dans un coin sombre au pied du lit.

— Là, là ! Viiiiiiiiiiiiiiite !

Les deux héros, surpris par cette scène incongrue, suivirent d'un même regard la direction indiquée par la jeune femme. Et ils le virent. Le poil luisant de crasse, une créature à mi-chemin entre le rataupe des villes et le shrink des champs se terrait dans un recoin : c'était un skonx des chaumes.

Pour ceux qui l'ignorent, le skonx des chaumes est un être surprenant, un fauve miniature hérissé de poils. Pourtant, en dehors de cet aspect ridicule, et du fumet repoussant qu'il émet en guise de défense, le skonx peut se révéler un compagnon facile à apprivoiser. Mais bon, entre les filles et les bébêtes, c'est une histoire compliquée. C'est fou comme les plus charmantes créatures peuvent être source de terreurs excessives, parfois...

Les deux amis pouffèrent de rire devant les

tentatives désespérées de la jeune femme pour s'éloigner de l'animal.

— Tu penses que le mur va résister ?

— Voyons, Hébus, Cixi n'est pas aussi lourde que ça.

— Tu crois ?

— Mais allez-vous faire quelque chose, à la fin ? ! trépigna la jeune femme.

— Ça va, ça va, on arrive.

Hébus jeta un regard gourmand sur l'animal et le skonx perdit instantanément de sa superbe. Réalisant l'indéniable nature trolle de son adversaire, il se recroquevilla et adopta son mode de défense favori : il se retourna, leva sa queue, et l'aspergea copieusement. Le skonx poussa un couinement sardonique, il semblait très fier de sa riposte. Le troll ricana à son tour, et l'engloutit d'un geste.

— Ben voilà, dit-il en se léchant les doigts. À part une très légère odeur, c'était pas plus difficile que ça.

Deux bruits sourds retentirent dans son dos : Lanfeust et Cixi, soudain asphyxiés, s'étaient évanouis.

Le reste de la journée fut nettement moins mouvementé.

Nicolède passa son temps au chevet de C'Ian. Il surveillait le front brûlant de sa fille et lui administrait un peu d'élixir à intervalles réguliers. De son côté, Cixi, à peine remise de ses émotions, trouva un parchemin collé sur la réserve de nourriture. Il était signé par Rognar, et fixait les tâches ménagères à réaliser en guise de dédommagement pour l'occupation des chambres.

— C'est pas vrai, grommela la brunette. Non seulement je ne rencontre pas un seul homme valable, dans cette aventure, mais en plus me voilà réduite à faire la bonniche !

Un paragraphe était réservé à Lanfeust. Il stipulait qu'il devait remettre en état la demeure crasseuse de Rognar. Son travail servirait de paiement pour le chariot et son attelage, que le rebouteux mettrait à leur disposition pour leur départ.

Les compagnons soupirèrent et se mirent au travail.

Le second jour ne donna lieu à aucun événement notable, mis à part un ongle cassé pour Cixi (accompagné de quelques cris tout aussi aigus que le premier jour), et un doigt écrasé par un coup de marteau pour Lanfeust.

Hébus, lui, s'ennuyait ferme. Sa seule activité possible consistait à observer le vol de ses mouches. En effet, il n'avait rien d'autre à faire, à part travailler. Or, chez les trolls, ce mot est un sujet tabou.

— Et pourtant, le travail c'est la santé ? tenta Nicolède.

— Ouaip, et ne rien faire c'est la conserver, trancha Hébus en mâchonnant un brin de paille. Devant tant de mauvaise foi, le vieux Sage renonça pour se consacrer à nouveau aux soins de sa fille.

Le temps s'écoula ainsi jusqu'au cinquième jour. Peu après la seconde sieste digestive de Hébus, la voix de C'Ian s'éleva soudain, encore faible et ténue :

— J'ai faim...

En quelques instants, tous se précipitèrent au chevet de la jeune fille, le rebouteux y compris. Elle parvint à leur sourire.

— Les fièvres l'ont quitté ! jubila Nicolède. Rognar, tu es décidément un drôle de guérisseur !

— Ouaip, et un sacré chanceux, ajouta Hébus. J'avais décidé que demain, si elle n'était pas guérie, je te boulottais.

Rognar répondit par un sourire crispé et s'éclipsa.

Les deux jours qui suivirent, la demeure du rebouteux connut une agitation sans précédent. Lanfeust et Nicolède réparaient, ravaudaient, du lever au couchant, tandis que Cixi s'était découvert des talents domestiques hors pair. C'Ian reprenait des forces. Il n'y avait guère que pour Hébus que les jours se succédaient avec une égale monotonie, partagée entre repas et siestes digestives.

À l'aube du septième jour, la porte de Rognar fut secouée de bruits sourds.

— Holà ! Le rebouteux, ouvre ta porte. C'est la milice.

Hébus se rua à la fenêtre. Cinq hommes en armes, frappés de l'emblème du baron Caïrn, piétinaient dans le petit matin blême. À leur tête, un jeune capitaine s'apprêtait à tambouriner de nouveau.

— Tout doux, militaire, tout doux. Me voilà !

Rognar enfila son éternelle et crasseuse tunique et alla ouvrir aux visiteurs.

— Que puis-je pour vous, mes seigneurs ? glissa-t-il d'une voix mielleuse.

— On prétend dans le village que tu héberges des étrangers non déclarés.

— On prétend bien.

— Qui sont-ils ? D'où viennent-ils ? Où vont-ils ?

— Des étrangers. De l'étranger. À l'étranger.

— Hein ?

Devant l'œil circonspect du jeune capitaine, Nicolède s'avança dans l'encadrement.

— Je me présente : Nicolède, marchand du Darshan. Nous avons fait naufrage sur vos côtes, et ma fille est blessée. Ce brave homme nous a fait l'honneur de son hospitalité et de ses compétences.

— Hum, répondit le capitaine. Les temps sont troubles sur nos terres. Les étrangers ne sont guère tolérés en dehors des comptoirs commerciaux. Dès que vous le pourrez, gagnez Port Caïrn pour obtenir un laissez-passer en règle.

Le soir même, les amis se réunirent autour de la table.

— Il va nous falloir partir, commença Nicolède. C'Ian comment te sens-tu ?

— Ça ira, je crois, père.

— Nous allons tenter d'accélérer ta guérison. Rognar, disposez-vous d'un miroir ou d'un objet qui puisse en faire office ?

— Je me sers d'une vieille écaille de dragon, elle est un peu fêlée mais ça suffit amplement...

— Ça ira bien, en effet.

Nicolède se plaça dans le dos de C'Ian, face à la blessure, et défit les bandages. Les chairs s'étaient refermées, mais elles demeuraient gonflées d'une hideuse manière. C'était la première fois que C'Ian apercevait sa plaie. Quelques larmes coulèrent sur ses joues.

— Tu vas te concentrer, dit le Sage, et essayer de te soigner grâce à ton pouvoir.

La chevelure blonde s'éleva dans l'air et C'Ian sentit la magie affluer. Mais... rien. La blessure resta identique, les berges toujours boursouflées par l'œdème violacé. En revanche, la fêlure avait disparu sur l'écaille de dragon.

— Hum, je me doutais un peu que ça ne marcherait pas, déclara le vieux sage, tu as toujours besoin de contempler directement la blessure. Mais cela valait la peine d'essayer. Ce n'est pas grave.

— Non, ajouta C'Ian d'une voix triste. Tout ce qui compte, c'est que je sois assez forte pour reprendre la route. Ma cicatrice attendra.

Le lendemain, au crépuscule, le chariot fourni par Rognar était prêt. Le rebouteux y avait ajouté des vivres, des vêtements, et plusieurs coussins, payés au prix fort à coups de travaux de ravalement. La bête de trait renâcla tandis que l'on chargeait la civière de C'Ian. Les adieux furent brefs, et la compagnie reprit le chemin de Castel Or-Azur.

À peine l'équipage eut-il disparu que Rognar s'avança sur le seuil de sa chaumière. Il passa une main cagneuse sur son front, jeta un regard aux rénovations, puis se frotta les paumes.

— Du bel ouvrage, en vérité. Dommage qu'ils ne soient pas restés une ou deux saisons supplémentaires... Enfin, il est grand temps de recueillir quelques écus de plus.

Du pas lourd de la trahison, Rognar prit le chemin de la forteresse voisine. Quelques instants plus tard, il se présenta devant le pont-levis.

— Holà, rebouteux, que désires-tu ? Pour toi, il ne fait pas bon traîner sous ses murs. Tes dernières médications ont provoqué une épidémie de dysenterie dans toute la garnison.

— Rassure-toi, camarade soldat. Ce n'est point pour dispenser mon art que je me présente, mais pour faire une dénonciation avec prime. Va-t'en quérir ton maître.

Quelques instants plus tard, le rebouteux fut introduit dans les appartements du seigneur local, vassal du baron Caïrn.

— Des gens de magie, dis-tu ? Des espions au service d'Or-Azur ?

— Je l'ai vu de mes yeux, affirma le rebouteux en s'inclinant à terre.

Le seigneur écrasa l'accoudoir de son fauteuil d'un poing rageur.

— Ces sorcelleries sont interdites sur mes terres ! (Il se tourna vers le soldat qui était déjà intervenu chez le rebouteux.) Officier Kourth, rattrapez cette bande de traîtres et ramenez-les pour qu'on les interroge.

— C'est que...

— Quoi encore ?

— Il y a un troll.

— Alors il vous faudra au moins une vingtaine d'hommes. Sautez sur votre monture et filez prévenir la garnison de Port Caïrn, qu'ils fassent le nécessaire. Quant à toi, Rognar, voilà pour ta peine, acheva le seigneur en lui lançant une bourse pleine d'or.

Le rebouteux l'attrapa au vol, et se retira avec maintes courbettes et révérences. Décidément, sa journée avait été fort lucrative, se dit-il en descendant les marches vers la sortie. Soudain, il se prit les pieds dans sa cape trop longue (dont l'ourlet n'avait jamais été fait, par avarice) et perdit l'équilibre.

Durant un bref instant, l'homme vola dans l'escalier. Ses yeux s'agrandirent d'horreur : au bas des marches était rangé un râtelier, empli d'armes pointues. Rognar termina sa course au milieu des lames. Sa bourse se déchira, et les pièces ensanglantées roulèrent à ses pieds.

— ...trop bête, haleta le rebouteux. Une cape... quasiment... neuve.

Puis il rendit son dernier souffle.

chapitre 9

Un petit port
bien tranquille...

— Si ça se trouve, tout est fichu.

— Quoi ? !

Hébus se tourna vers Lanfeust, les sourcils rehaussés de surprise. Le regard du jeune homme était égaré dans le vague. Il marchait à côté du chariot, traînant les pieds au milieu des touffes d'herbe qui parsemaient le chemin. Ni l'air vivifiant de la côte, ni le splendide paysage qu'offraient les falaises d'Hédulie ne parvenaient à le dérider.

— Tu parles sérieusement, là ?

— Absolument.

— Et pourquoi tout serait fichu ?

— Peut-être qu'on fait tout ça pour rien. Et si Thanos avait déjà récupéré l'épée d'Or-Azur ? Tu y as pensé ? Réfléchis : il a largement eu le temps, ça fait des lustres qu'on est parti.

Hébus se gratta la tête. Il chercha quelque chose de réconfortant à répondre à son ami, mais ne trouva rien. Peut-être qu'il avait raison ? Il se gratta le crâne encore plus fort...

— Heu, et les joies du voyage, t'en fais quoi ?

— M'en fiche.

— Les rigolades entre copains ?

— M'en fiche.

— Les bagarres, les monstres, l'aventure, tout ça ?

— M'en fiche.

— Houlàaaa...

— Qu'est-ce qui se passe ? intervint Nico-lède.

Le Sage avait passé la journée assis à la place du cocher, plongé dans les pages de son grimoire poussiéreux. Parfois il plissait le front ou poussait de vagues grommellements — voire une exclamation lorsqu'un sujet éveillait son intérêt — mais en dehors de ça, il n'avait pas ouvert la bouche. Depuis quelques instants, il avait cessé sa lecture et tendait l'oreille.

— Qu'est-ce que tu racontes, Lanfeust ?

— Je disais que Thanos s'était sans doute emparé de l'épée.

Nicolède haussa les épaules.

— Mais non. Nous en serions les premiers avertis.

— Ah bon ? Pourquoi ?

— Parce qu'il aurait aussitôt utilisé sa puissance pour nous anéantir.

Lanfeust se frotta pensivement le menton.

— Hum, évidemment, vu sous cet angle...

Le visage de Hébus s'illumina.

— Ben voilà ! T'es rassuré !

— Ouaip. N'empêche, je donnerai cher pour savoir ce que trame ce forban...

Le martèlement sourd d'un galop interrompit leur réflexion. Le bruit se rapprochait. Cixi passa la tête entre les rideaux tendus à l'arrière du chariot. De la poussière montait dans le lointain. Elle pointa son doigt sur la route qu'ils venaient d'emprunter.

— C'est quoi, ça ?

Lanfeust mit une main devant les yeux.

— On dirait un cavalier...

Une monture arrivait à grande vitesse. Le grondement s'intensifia. Une famille de pitouiks s'envola des taillis en piaillant « pitouik ! pitouik ! » (ce qu'un ornithologue pourrait traduire par : « Peste ! Quel méprisable voyageur ose ainsi disperser notre couvée ? » Oui, les pitouiks d'Hédulie s'expriment très bien. Dommage qu'il n'y ait aucun ornithologue pour les comprendre. À part ça, ils sont très bons en brochettes).

Un homme vigoureux apparut. Il était courbé sur la selle, éperonnant sa bête.

— Place ! hurla-t-il. Service du baron ! Dégagez !

Lanfeust eut à peine le temps de sauter sur le bas-côté.

— Place ! Place !

Le cavalier et son animal les dépassèrent et s'éloignèrent en trombe, soulevant des mottes de terre dans leur sillage. Cixi regarda leur silhouette diminuer.

— Il est bien excité, celui-là. Il a failli nous piétiner.

— Oui. Enfin, surtout moi, maugréa Lanfeust.

Hébus ferma un œil à demi, estimant la distance.

— Qu'est-ce que vous en pensez ? Je lui balance un rocher, histoire de lui apprendre les bonnes manières ?

— Laisse tomber, répondit le jeune homme. Je l'ai reconnu : c'est le soldat qui est venu nous interroger chez Rognar. Je n'aime pas ça. Il avait l'air bigrement pressé.

— Ouais, et il va arriver à Port Cairn avant nous.

Lanfeust tapota des doigts sur la garde de son épée.

— Je ne sais pas ce qui se trame, mais il serait plus sage d'éviter la ville.

Nicolède referma son livre.

— Ce serait plus sage, en effet. Hélas, je viens de consulter notre itinéraire : il n'y a pas moyen de faire autrement. La route entre par la porte Sud, et ressort par la porte Nord. Avec notre chariot, impossible de couper par un autre chemin. La côte est bien trop escarpée.

— Et si on abandonnait le chariot ? suggéra Lanfeust.

D'un air péremptoire, Cixi s'installa à côté de son père et saisit les rênes.

— Sans chariot ? Pftt ! Et le brancard de C'Ian ? Et nos provisions ? Et nos affaires de toilette ? Et nos coussins ? Et nos couvertures ? Et sur quoi je vais poser mes délicieuses f...

— D'accord, d'accord. On passe par Port Cairn.

Cixi secoua les rênes.

— Allez, en avant. Plus vite on y sera, plus vite on saura à quoi s'en tenir.

Hébus se frotta les mains.

— Chic ! Mes mouches commençaient à s'ennuyer.

Lanfeust lui envoya une pichenette dans les côtes.

— Toi, boule de poils, du moment qu'il y a de la bagarre...

Le chariot pénétra dans l'enceinte de la ville moins d'une demi-heure après. La forteresse de Port Cairn dressait sa silhouette massive à contre-jour, telle l'ombre d'un géant occultant le ciel. Ses tours de granit s'enracinaient sur le bras d'une montagne d'albâtre plongeant directement dans la mer.

Comme l'avait indiqué Nicolède, à moins d'accomplir un très long détour par l'intérieur des terres, il était impossible de poursuivre le voyage.

Le chariot franchit la poterne Sud et s'avança sur la place principale. Les compagnons étaient aux aguets. L'endroit paraissait désert. Cixi tira sur les rênes et le véhicule s'arrêta.

Un vol de mouette passa dans le ciel, lançant des appels aigus. Hébus les observa en humant le vent. La brise marine s'engouffra dans ses poils et gonfla les cheveux de ses compagnons.

— Je n'aime pas ça, gronda le troll. C'est bien trop calme, par ici.

— C'est vrai, dit la jeune femme. Où sont-ils tous passés ?

Un grincement sinistre lui répondit. La petite troupe eut à peine le temps de se retourner. Une épaisse grille d'acier s'abattit en travers de l'entrée.

— Gottferdom !

— Nous sommes piégés !

Un homme sortit de l'ombre d'une arcade. Il était armé de pied en cap et arborait le blason de Port Cairn. C'était l'officier qu'ils avaient croisé auparavant. Il pointa son épée en direction du chariot.

— Rendez-vous, vous êtes cernés.

— Ah ouais ? fit le troll. Tu comptes nous encercler à toi tout seul ?

L'officier sourit.

— Pas moi. (Il engloba la forteresse d'un geste de la main.) Eux.

De chaque rue émergea un homme en armes. Plusieurs autres rejetèrent des balles de foin qui les dissimulaient. Un groupe s'avança sur les remparts, et un autre prit position devant la grille.

— Vingt hallebardiers vous encerclent. Comme vous pouvez le constater, ils ont aussi des arcs, et leurs flèches sont encochées.

Hébus émit un rire sinistre.

— Vingt hommes, et c'est tout ?

L'officier abaissa son épée en signe de bonne volonté.

— Contre deux combattants, ça me paraît

largement suffisant. Ne tentez rien de stupide. Nous ne sommes pas des brigands. Rendez-vous honorablement et il n'y aura pas de blessé.

— Ce soldat a raison, dit Lanfeust.

— Quoi ?

Hébus n'en croyait pas ses oreilles.

— Monsieur l'Officier, vous m'avez convaincu, poursuivit Lanfeust sans prêter attention aux gesticulations de son ami. Il est évident que vos forces nous dépassent. Considérez ces deux femmes et ce vieillard comme vos prisonniers.

La mâchoire du troll s'affaissa. Cixi bondit sur son siège.

— Prisonniers ? Ça va pas non ? Lanfeust, espèce de...

— Tais-toi, lui intima Nicolède.

La jeune femme s'agita dans les bras de son père.

— Mais tu l'as entendu ?

— Chut ! Il sait ce qu'il fait. Au moindre geste de notre part, leurs flèches nous transperceraient.

Lanfeust s'avança vers le soldat.

— Êtes-vous un homme d'honneur ?

— Certainement. Je suis l'officier Theupaille, Kourth de mon prénom, et j'ai fait les meilleures écoles militaires. (Il bomba le torse.) Nous autres, dans les Baronnies, nous ne plaisantons pas avec le code de la chevalerie.

Lanfeust désigna le chariot et ses occupants.

— Vous garantissez la sauvegarde et la sécurité de ces prisonniers ? Pas de flèches, ni la moindre agression contre eux ?

— Sur ma vie ! Nos règles sont très strictes sur ce point.

Un sourire s'épanouit sur le visage du jeune homme.

— Parfait. C'est juste ce que je voulais savoir. (Il dégaina son épée.) Maintenant : à l'attaque !

— À l'attaque ? Comment ça ? ! Mais vous venez de dire...

Un sifflement interrompit l'officier Kourth. Le corps d'un garde traversa les airs devant lui et alla se fracasser contre un mur.

— Ah, fit Hébus, on a beau dire qu'il ne faut pas jeter les choses n'importe où, ça soulage.

— Je... Je proteste... (Kourth recula d'un pas et s'abrita derrière son bouclier.) Vous vous étiez constitués prisonniers !

Lanfeust abattit son épée. La lame traversa

l'écu. Le jeune-homme tira d'un coup sec et arracha le bouclier. Il s'écrasa à terre, fendu en deux.

— Prisonniers ? Je n'ai jamais mentionné Hébus, ni moi.

Il exécuta une botte parfaite et porta un coup d'estoc. L'officier fut obligé de parer pour éviter d'être embroché. Lanfeust n'attendait que ça : son poignet décrivit un mouvement tourbillonnant, et l'arme de son adversaire s'envola, hors de portée. Il bondit en avant et appliqua la pointe de son épée sur sa gorge.

— Mmm, reprenons depuis le début, voulez-vous ? J'ai bien réfléchi. Finalement, je pense que c'est à vous de vous rendre.

Kourth déglutit. Une goutte de sueur perla sur sa tempe. Ses yeux semblaient la seule partie de son corps encore douée de mobilité : ils roulaient dans leurs orbites et tentaient de suivre le troll qui cabriolait autour d'eux.

Hébus distribuait des coups de masse par-ci, filait des coups de dent par-là, prenait appui sur une tête pour sauter jusqu'au premier étage et déloger un archer, puis il retombait sur les soldats et en assommait trois d'un coup, et ainsi de suite.

Les genoux de l'officier se mirent à trembler. En quelques secondes, le nombre de ses hommes avait diminué de moitié.

Le troll interrompit soudain le combat. Les survivants se regardèrent : leur adversaire était en train d'examiner ses ongles en sifflotant. Les combattants firent prudemment un pas en arrière. Les lèvres du troll s'arrondirent :

— Bouh.

Le cerveau des soldats tenta d'analyser la situation. En vain. Leurs jambes avaient déjà pris le contrôle des opérations. Ils firent demi-tour, et la troupe s'enfuit en hurlant. Hébus eut l'air contrarié.

— Pfff, c'est pas du jeu, j'avais même pas fini de me rendre...

Cixi jaillit du chariot et sauta au cou de Lanfeust.

— Mon héros !

Le troll attrapa Kourth par le col et le souleva de terre. Ses pieds pédalèrent dans le vide.

— Alors ? Combien d'hommes faut-il pour maîtriser un troll, mmm ?

— P-p-p-plus de vingt. Beaucoup, beaucoup plus...

— Bien, dit-il en le reposant.

Lanfeust désigna les bâtiments déserts.

— Il y a d'autres soldats, en ville ?

— Non. Ils sont tous partis au siège de Castel Or-Azur.

— Et vous, pourquoi nous avez-vous attaqués ?

— Rognar le rebouteux vous a dénoncés. Il a dit que vous étiez des gens de magie. Et aussi des espions.

Cixi fit claquer son poing dans la paume de sa main.

— J'en étais sûre ! Quel traître, celui-là.

— Oh, de toute façon, nous guettions votre venue. Nous étions prévenus depuis longtemps.

— Comment ça ?

— Le baron Averroës a lancé un avis de recherche. Tous ses vassaux et alliés ont reçu une description de votre groupe, avec l'ordre de vous arrêter.

Nicolède se renfrogna.

— Je me doutais bien de quelque chose de ce genre. Ce maudit Thanos a des alliés partout. À présent nous avons la preuve que le baron Averroës est dans son camp.

Lanfeust aiguillonna Kourth et l'obligea à avancer.

— Castel Or-Azur est assiégé. Nous n'avons pas une minute à perdre. Vous allez nous guider immédiatement vers la sortie.

Cixi agita les rênes et le chariot se remit en marche. Pas un soldat n'osa se mettre en travers de leur chemin. La petite troupe atteignit bientôt la porte nord. Au-delà de la voûte de granit, les prairies rases de l'Hédulie s'étendaient à perte de vue.

— Et voilà ! fit Lanfeust, la mine réjouie. Nous avons réussi à franchir Port Cairn sans la moindre estafilade.

— Parlez pour vous, grommela Kourth.

Hébus montra les dents. Le soldat rentra la tête dans les épaules, et n'osa plus dire un mot. Nicolède fit signe aux compagnons de grimper dans le chariot.

— Dépêchons-nous. À marche forcée, nous pouvons y être avant la nuit.

— Allez, tous au galop !

— Comment ça, tous ? dit Kourth. Je viens avec vous ?

— Bien sûr. Où comptiez-vous aller ?

— Je pensais rentrer chez moi...

— Pas de chance, Kourth Theupaille, minauda Cixi, vous n'avez pas dû tirer le bon numéro. Il va falloir nous guider jusqu'au bout...

Hébus souleva l'officier et le déposa dans le chariot.

— T'as entendu la demoiselle ? En avant !

chapitre 10

La nuit, tous les soldats sont gris

La nuit avait tiré un drap d'ombre sur les collines d'Hédulie. Le chariot des compagnons brinquebalait sur le chemin entre les pierres sèches et les bottes d'herbes folles d'où s'échappait le chant des grillons.

C'Ian avait rejoint sa sœur sur le siège avant. Sa blessure allait mieux, elle se sentait reposée. Peut-être pas encore au point de marcher sur une longue distance, mais assez pour faire quelques pas. Elle contempla son père qui somnolait à l'arrière. Il avait l'air si paisible... À croire qu'il ne perdait jamais confiance. Pourtant, nombre de gens auraient renoncé à sa place.

C'Ian poussa un soupir. La quête de l'épée du chevalier Or-Azur était plus longue et plus dangereuse que tout ce qu'elle avait imaginé. Heureusement, son fiancé était là. Elle couva Lanfeust du regard. Il marchait en tête, guettant d'éventuels obstacles et conversant à voix basse avec Hébus et l'officier de Port Cairn. Une onde de bien-être emplit sa poitrine. Le simple fait de contempler Lanfeust suffisait à faire battre son cœur un peu plus vite.

Pourtant, le jeune homme ne l'avait guère tenue dans ses bras, ces derniers temps. Il la protégeait, ça oui, mais il semblait toujours pressé de se jeter dans la bagarre en compagnie du troll.

— Ah, les garçons, murmura la jeune femme en souriant.

Une lueur au milieu du paysage nocturne interrompit ses pensées. Là, tout près, derrière la prochaine colline, un rougeoiement teintait le ciel.

Elle étrécit les yeux.

Des fleurs pourpres et sombres s'épanouissaient sous la voûte nuageuse. Une odeur de bois brûlé parvint jusqu'à ses narines. Des appels étaient aboyés dans le lointain.

Lanfeust se tourna vers elle, un doigt posé sur ses lèvres.

— Chht, nous approchons...

Elle tira sur les rênes et le chariot ralentit. Le craquement des roues devint à peine perceptible. Elle poussa sa sœur du coude.

— Cixi, réveille-toi, on est arrivé...

La brunette écarquilla les paupières et secoua Nicolède. Le vieux sage se dressa sur son séant. Il chaussa ses lorgnons et scruta le paysage.

— Or-Azur, souffla-t-il. Enfin !

Le chariot s'était immobilisé au sommet d'une butte. En contrebas s'étendait une vallée encaissée, piquetée de milliers de chandelles scintillant dans la nuit.

— J'aime pas ces choses qui brillent, gronda Hébus, on dirait des feux follets. C'est lourdingue, les feux follets : on peut ni les attraper, ni les manger.

— Sauf que ce ne sont pas des feux follets, répondit Lanfeust. C'est une armée. La plus grande que j'aie jamais vue. Averroès a réuni des forces considérables !

Les torches des campements trouaient l'obscurité sur une douzaine de lieues environ. Les tentes avaient été plantées au pied d'un piton rocheux. Le pic lui-même était surplombé de tours grises, unies par des remparts qui atteignaient presque la hauteur des toits. Des étendards ondulaient fièrement au sommet, et de chaque meurtrière filtrait une lumière pâle.

Le message envoyé aux armées d'Averroës était clair : tant qu'Or-Azur serait assiégé, aucun soldat, ni aucun habitant ne dormirait. Tous resteraient sur le pied de guerre, prêts à se battre à n'importe quel moment.

Cixi désigna une flaque sombre et huileuse qui serpentait au pied du pic.

— C'est quoi, cette sorte de lac, entre les armées et le château ?

— C'est le Loch Ténébreux, répondit Nicolède. Les tours d'Or-Azur montent la garde au-dessus de la vase depuis des centaines d'années. D'après la légende, une terrible créature sommeillerait dans ses profondeurs. « Lorsque les tours d'Or-Azur tomberont, les fonds du Loch s'éveilleront », cita le vieux sage.

— Bah ! fit le troll. À moi, elles m'ont l'air plutôt solide, ces tours...

— Pas sûr. Dans les Baronnies, les batailles sont habituellement longues et diffi-

ciles parce que les assaillants ne peuvent pas compter sur les dragons volants, comme chez nous. Ces animaux ne survivent pas aux climats rigoureux de la péninsule. Mais ici, c'est différent. L'armée d'Averroës est importante. Voyez là-bas (le Sage désigna des machines installées sur les berges du Loch), ils ont construit des balistes et des catapultes. Tout indique que l'assaillant est décidé à en finir au plus vite.

Lanfeust se tourna vers Kourth.

— Pourquoi Averroës assiège-t-il Or-Azur ?

L'officier prit le temps de réfléchir.

— Normalement, je ne suis pas censé vous communiquer d'information. D'un autre côté, à qui cela nuirait-il ?

— Ça nuirait certainement à ta santé si tu ne le faisais pas, sourit Hébus.

Kourth haussa les épaules.

— Voici la situation. Averroës est un baron ambitieux, ce n'est un secret pour personne. Mais, depuis quelques mois, il semble être devenu riche. Très riche, même. Il a recruté un grand nombre d'hommes. À l'aide de son armée, il a déjà soumis quatre de ses voisins, dont mon seigneur le baron Cairn. Le suivant sur sa liste est Or-Azur.

Les compagnons examinèrent la plaine

sans dire un mot, jusqu'à ce que Cixi rompe le silence.

— Bon, je crois que c'est clair pour tout le monde : il n'y a pas moyen d'entrer dans la citadelle.

— Ce n'est pas certain, dit Lanfeust. J'ai une idée, mais il faudrait s'approcher des catapultes.

C'Ian fronça les sourcils.

— Comment ça ? Lanfeust, tu ne vas pas encore faire une bêtise, dis ?

Un rire secoua la poitrine de Hébus.

— Une bêtise ? Pas d'inquiétude, douce C'Ian. Ce genre d'action, c'est spécialement réservé aux trolls ! Pas vrai, gamin ?

Il ponctua ses mots d'une claque dans le dos de Lanfeust, propulsant le jeune homme quatre pas plus loin.

— Pas la peine de traîner ici, dit Cixi en attrapant les rênes de l'attelage. En avant ! Nous allons descendre au milieu des troupes.

Kourth la dévisagea, surpris.

— Ah oui ? Et comment comptez-vous échapper aux soldats ?

— Très simple, susurra-t-elle. Grâce à vous, bel officier.

— À... À moi ?

— Ben oui. Vous allez nous aider.

— Mais non ! J'ai juré de servir le baron Cairn, et il a dû prêter allégeance à Averroës. Mon honneur m'interdit donc d'assister Or-Azur...

— C'est pas grave. Réfléchissez : si c'est Or-Azur qui gagne et qu'Averroës soit tué, votre baron Cairn regagne sa liberté, non ?

— Ben, heu...

— Donc en nous aidant, vous servez les intérêts de votre baron. Et toc.

— Vous... Vous êtes sûre ?

— Laissez tomber, Kourth, dit Lanfeust. C'est une fille. Elles sont bien trop malignes pour nous.

La petite troupe descendit aux abords du Loch. Les lueurs se rapprochèrent, et le chariot atteignit bientôt les premières tentes. Les compagnons s'engagèrent dans le campement, l'estomac noué.

Des vétérans assis sur un banc les dévisagèrent sans un mot. Leurs mains calleuses polissaient des épées, soupesant leur garde. Plus loin, une sentinelle enroulée dans une couverture ouvrit un œil sur leur passage et le referma aussitôt. Un remue-ménage éclata. Lanfeust porta la main à son ceinturon, mais il s'agissait juste d'un groupe de soldats en pleine partie de dés. Aucun ne leur prêta attention.

Le jeune homme s'approcha de Nicolède.

— C'est curieux, chuchota-t-il, ils ne se préoccupent pas de nous...

— Ils n'ont aucune raison de le faire. Qui serait assez fou pour aller s'enfermer dans un château déjà assiégé ?

— Tiens, j'avais pas pensé à ça...

— Halte !

Le cri avait jailli d'une tente au bord du chemin. Un soldat repoussa la toile, une lance à la main.

— Qui êtes-vous ? Qu'est-ce que vous faites ici ?

Cixi sourit en cambrant la poitrine. Elle désigna Kourth.

— Hélas, nous sommes les misérables prisonniers de ce valeureux officier du baron Averroës.

— Hein ? dit Lanfeust. Ah, oui, tout à fait, s'empressa-t-il d'ajouter.

— Huk ! Huk ! renchérit Hébus.

La sentinelle hocha la tête.

— Alors c'est bon, passez. Mais ne dérangez pas les arkgnes.

— Les arkgnes ?

— Oui, les bestioles, là-bas.

Le militaire agita la main en direction d'un enclos empli de masses sombres. Soudain, l'une des silhouettes s'anima. Son corps velu se souleva sur six longues pattes, et avança en émettant un « klac-klac-klac » repoussant. Un soldat se tenait de l'autre côté de l'enclos, un quartier de viande piqué au bout d'une perche. La créature tendit ses mandibules et arracha son repas d'un coup sec, avant de se replier au milieu des autres monstres.

— Enfer abrupt ! murmura C'Ian. Ces créatures sont a...

— Adorables, hein ?

— Je songeais plutôt à « abominables ».

La sentinelle gloussa.

— Ne leur en tenez pas rigueur. Les arkgnes sont un peu nerveuses, ce soir. Ça ébouriffe leur poil, c'est pour ça qu'elles ont une sale tête. Elles savent que l'assaut est pour demain. Tenez-vous à distance, elles sont affamées.

Le soldat tourna les talons et regagna sa tente. Hébus haussa un sourcil circonspect.

— Une sale tête, hein ? Je me demande bien quel aspect elles ont le reste du temps. Elles ont quelqu'un pour les coiffer ?

— Allons-y, coupa Nicolède. J'aperçois les catapultes...

Le chariot fit le tour de l'enclos. Seul Hébus s'attarda près des barrières.

— C'est curieux, comme insecte. Jamais mangé un truc pareil. J'en goûterais bien un bout...

Tous les compagnons se tournèrent vers lui.

— Nan !

Le troll se remit en route en grommelant.

— Pfff... Si on peut même plus prendre une petite collation, maintenant...

— Nous y sommes, dit Lanfeust.

Il s'avança vers l'énorme machine de guerre dont la silhouette se détachait à la lueur des feux de camp. Il tapota la partie creuse destinée à recevoir les rochers.

— Ça a l'air solide. Hébus, tu veux bien l'essayer ?

— 'd'suite !

Le troll grimpa sur la catapulte, qui grinça sous son poids. Il s'assit en tailleur à l'intérieur de la cuillère et frotta son postérieur contre le bois.

— C'est confortable.

— Qu'est-ce que vous comptez faire ? murmura Kourth. Il ne va quand même pas...

— Si, si, pouffa le troll.

Nicolède sortit un carnet, crayonna un arc de cercle et marmonna un calcul dans sa barbe.

— Ça devrait passer.

Lanfeust s'approcha de Hébus.

— Tu es certain que tu veux faire ça ?

Le troll soupesa sa masse.

— T'inquiète pas, p'tit. C'est plein de toits en paille, là-dedans. Je vais atterrir en douceur, aussi souple qu'une mouche sur une bouse de gramoche. Attendez-moi près de l'échauguette, je vous balancerai une corde.

Les filles adressèrent au troll un signe d'encouragement, puis Nicolède s'approcha du levier.

— Les soldats ne nous ont pas encore remarqués. Inutile d'attendre plus longtemps. Hébus, je vais lancer le fameux cri d'encouragement de Bœin'Goh, un vieux héros de l'aérodraconautique d'Eckmül. Je me souviens qu'il avait l'habitude de le hurler chaque fois qu'il partait en piqué avec son dragon. Si vous aviez vu ça, quel spectacle ! Dommage qu'il se soit écrasé sur le toit du Conservatoire. Bon, lorsque je crierai, tiens-toi prêt.

Il posa sa main sur le levier. Tous les

regards convergèrent vers le troll. Chacun retenait sa respiration.

— Paré ? demanda le Sage.

— Paré.

— Bon, alors : « Goh ! Goh ! Goh ! »

La détente d'un ressort cingla la nuit. Un sifflement monta dans le ciel et s'éloigna à travers les brumes.

Hébus fila au-dessus du Loch Ténébreux. Ses lèvres claquaient dans le vent.

— N-n-ne-ne pas crier, grinça le troll entre ses dents. Surtout p-p-p-pas crier...

Une masse sombre troua les nuages et se rapprocha à grande vitesse.

— G-g-gottferdom ! Le donjon !

Des gargouilles de pierre saillaient de l'édifice. Leurs visages ricanants semblaient défier le troll de survivre à son vol plané. Hébus tendit la main.

— Si je parviens à en saisir une...

Un choc sourd. Son poing se referma sur le cou d'une gargouille.

— Wowww !

Le troll durcit son bras et assouplit le reste de son corps. Il accomplit deux tours complets et ralentit sa course, jusqu'à ce qu'il pende en dessous.

— Ouf ! Ben voilà, finalement, c'était pas si diffi...

Un craquement sec l'interrompit. La gargouille partie en miettes, et Hébus plongea dans le vide.

— Et flucre !

Un toit de tuiles grises venait à sa rencontre. Le troll ferma les yeux. Un fracas épouvantable retentit et des picotements lui parcoururent le postérieur. Sa chute avait pris fin. Il rouvrit les yeux.

— Peste ! Monsieur, comment avez-vous l'outrecuidance d'entrer ainsi dans ma demeure ?

Hébus se tenait sur un lit effondré, entre un homme et sa digne épouse, tous deux en chemise de nuit.

— Quel est donc cet olibrius ? renchérit-elle. Ne peut-il emprunter la porte, comme tout le monde ? Et où est passé mon paisible Chaminou, qui somnolait tendrement au pied de notre lit ?

Hébus sentit quelque chose lui chatouiller le fondement. Il souleva une fesse et retira une sorte de crêpe poilue, qui avait dû être un animal familier. Enfin, dans une vie antérieure.

— Chaminou, c'est ce truc-là ? (Il posa

délicatement la petite chose écrabouillée sur le couvre-lit.) Heu, désolé.

La femme se mit à hurler.

Une heure plus tard, les compagnons du troll étaient parvenus à se glisser jusqu'au pied des murailles de château. Lanfeust portait C'Ian dans ses bras pour lui éviter de marcher.

— Mais qu'est-ce que Hébus fabrique ? Le jour va bientôt se lever...

— On va finir par nous arrêter, dit la jeune femme.

— Sans compter que tu commences à peser un petit peu lourd, gnnnn...

Une silhouette velue apparut en haut des remparts. Une corde tomba sur le sol.

— S'lut, les amis ! dit le troll. Désolé, ça a été un peu long. Ils ne voulaient pas croire que j'étais dans le camp des gentils. Ils sont d'une susceptibilité, ces barons... Bon, alors, vous grimpez ou quoi ?

chapitre 11

Préparatifs de guerre

— Tout ça n'est pas normal.

Le chevalier Bronze se tenait dans l'enca-drement de la fenêtre et contemplait l'aube rougeoyante en pinçant distraitement les cordes de son luth.

Des fumerolles montaient dans la plaine. Au petit déjeuner, les hommes d'Averroës sacrifiaient toujours des douzaines de jeunes gramoches et de mamouflons. Ils les met-taient en broches, mais n'en consommaient pas la moitié : leur objectif était seulement de chasser l'odeur en direction des assiégés.

Pour les habitants de la forteresse, au régime sec depuis des jours, le parfum de la viande grillé était aussi démoralisant que n'importe quelle torture psychologique. Les hommes d'Averroës jetaient ensuite les restes dans la boue, au pied du château.

Le chevalier fit tinter un accord entre ses doigts.

— Jamais une telle armée ne s'est réunie sous nos murailles, dit-il.

— Je sais, mon fidèle Bronze.

Le baron Or-Azur arpentait sa salle à manger. Un feu crépitait dans l'âtre, projetant des ombres sur les vieux moellons de pierre. Les murs du château mesuraient deux à trois pieds d'épaisseur. Son regard effleura les blasons accrochés aux poutres, les épées brandies par ses ancêtres, les trophées de victoires accumulés au cours des siècles... Le baron était capable de citer les noms et les hauts faits de chacun de ses ascendants, sur plus de dix générations. Il soupira.

— Ce damné Sixte Averroës sera peut-être le premier à s'emparer d'Or-Azur.

— D'après ce qu'on raconte, il a juré de ne pas ôter son casque de guerre avant d'avoir soumis toutes les baronnies.

— Vraiment ? Il ne l'enlève jamais ?

— Personne n'a contemplé son visage. (Bronze haussa les épaules.) Ou alors, ceux qui l'ont fait n'ont pas survécu assez long-temps pour raconter ce qu'il y a en dessous.

— Étrange, dit le baron.

Il passa une main dans les poils de sa barbe grise et raide, semblable à de la paille de fer. Les ans l'avaient peu à peu éclaircie, mais en dessous, ses muscles dessinaient tou-jours un visage carré, abrupt et tranchant comme les falaises d'Hédulie. Il adressa un geste impérieux au garde de faction à la porte.

— Faites entrer nos visiteurs. Voyons ce qu'ils ont à nous dire...

Les battants s'écartèrent pour laisser passer un groupe disparate, encadré par des soldats. Un sergent s'inclina.

— Sire, nous avons récupéré les compa-gnons du troll. Un officier du baron Cairn les accompagnait. Ses propos étaient confus. Malgré le fait que ses compatriotes nous assaillent, il prétendait servir les intérêts de son maître. Nous l'avons mis aux arrêts en attendant de pouvoir l'interroger.

Bronze posa son luth et s'approcha du jeune homme qui marchait en tête des étran-gers. Il l'observa. Malgré son âge, il possédait une carrure impressionnante. Ses cheveux roux renvoyaient des reflets aussi vifs que les flammes qui crépitaient dans l'âtre. Ses vêtements portaient les marques d'un long voyage, et plusieurs estafilades les avaient transpercés. La fatigue se lisait dans ses yeux. Malgré cela, il se tenait fier et droit, comme si aucune épreuve n'avait la capacité d'entamer sa résolution.

— Bonjour. Je suis le chevalier Kibith de Bronze. Mais vous pouvez m'appeler Bronze tout court. (Il sourit d'un air affable.) Je fais un peu de chant et de luth, à mes heures perdues. Peut-être avez-vous déjà entendu une de mes ballades ?

Le baron se racla la gorge. Bronze sursauta et reprit :

— Oui, hum. En fait, je suis aussi capitaine de la garde et responsable des défenses du château. Et voici mon seigneur, le baron Or-Azur.

Le jeune homme roux mit un genou à terre.

— Mon nom est Lanfeust de Troy, noble baron. Mes compagnons et moi sommes venus de loin pour accomplir une quête de la plus haute importance. Nous devons voir votre fils, le chevalier Or-Azur, et...

Le baron l'interrompit d'un geste.

— Je crains de ne pouvoir vous satisfaire, jeune homme.

— Comment ça ?

Lanfeust écarquilla les yeux.

— Ce que vous demandez est absolument impossible. Et cela pour une raison simple : mon fils n'est pas ici.

La stupéfaction se peignit sur le visage des compagnons.

— Ce n'est pas vrai, dit C'Ian.

Cixi lâcha un juron.

— Ne me dites pas qu'on a fait tout ça pour rien !

— Et son épée ? demanda Nicolède.

Le baron haussa un sourcil.

— Son épée ? Et bien, je suppose qu'elle est à sa ceinture, non ?

Le Sage vacilla. C'Ian dut soutenir son père pour l'aider à s'asseoir. Il avait l'air très fatigué, tout d'un coup.

— C'est une catastrophe, murmura-t-il. Une véritable catastrophe...

— Et pourquoi donc ? demanda le baron. Je ne vois pas en quoi mon fils et son épée vous concernent. Au cas où vous ne l'auriez pas remarqué, nous avons quelques préoccupations un tantinet plus pressantes, par ici.

Le visage de Nicolède se recolorait lentement. Il sembla peu à peu reprendre des forces.

— Nous venons d'Eckmül. L'épée du chevalier représente un terrible pouvoir. Une magie plus puissante que tout ce que vous avez vu...

— Un pouvoir ? de la magie ? (Le baron se renfrogna.) Je n'apprécie pas ce vocabulaire. Le seul pouvoir, ici, c'est celui de l'acier. Et la zone d'influence d'Eckmül ne s'étend pas jusqu'à notre péninsule. Nous n'aimons pas les gens de magie, dans nos contrées.

— Absolument, ajouta Bronze. Autant que je sache, la populace a pour coutume de les brûler.

Le baron eut un geste désinvolte.

— Comme disent les paysans et les rustres : « Les gens de magie sont utiles, ils font un excellent combustible. » Mais nous ne sommes pas des barbares pour autant. Compte tenu des circonstances, il me paraît difficile de vous chasser.

Lanfeust secoua la tête.

— Je refuse d'admettre que nous avons accompli ce voyage en vain. J'ai eu un coup de mou, l'autre fois, mais je m'en suis remis.

Nous avons franchi tant d'obstacles... Il doit bien y avoir une solution !

— Écoutez, Sire, dit Nicolède. Tout ce que nous voulons savoir, c'est d'où provient le morceau d'ivoire qui orne le pommeau de l'épée des Or-Azur.

— Le pommeau ? C'est le trophée d'un lointain ancêtre. L'un des tout premiers barons, je crois. Je me souviens d'avoir lu quelque chose à ce sujet, dans les archives familiales.

Les prunelles de Nicolède s'allumèrent. Il se précipita vers lui.

— Des archives ? Serait-il possible de les consulter ?

Bronze s'interposa.

— Du calme, vieillard. La bibliothèque est réservée au baron et à ses proches. Elle contient maints secrets de famille. Qui a trahi qui, qui a dormi avec qui, qui est l'enfant de qui, enfin, vous comprenez...

Hébus, qui n'avait pas dit un mot jusque-là, se décida à prendre la parole.

— Bah, les humains sont des gens bien compliqués. J'ai peut-être la solution à vot'truc. Chez nous, on appelle ça du troc. Explique-lui, Lanfeust...

— Mon ami a raison, dit le jeune homme,

un arrangement est possible. Baron, si vous permettez au Sage Nicolède de consulter — avec toute la pudeur qui convient — vos précieux manuscrits, le troll et moi combattrons à vos côtés pour défendre Or-Azur.

Le troll plaça une main sur sa poitrine.

— Ouaip ! Et sans me vanter, vous faites une bonne affaire. Je vaux un petit régiment à moi tout seul. Huk ! Huk !

— Quant à moi, dit Cixi, je peux mordre, tirer les cheveux et donner des coups de pied. Je vise très bien cet endroit sensible chez les garçons, vous savez, le truc que vous appelez les...

— Et moi je peux soigner les blessés, ajouta C'Ian précipitamment.

— Hum, fit le baron. Après tout, pourquoi pas. Ma bibliothèque sera peut-être en flammes avant ce soir. Chevalier Bronze, offrez à ces gens de quoi se restaurer. En fait, servez aussi à vos hommes une double ration de nourriture, ainsi qu'à toute la population réfugiée chez nous. Que chacun soit le bienvenu dans ma demeure. Il ne sera pas dit que les Or-Azur manqueront à leur devoir d'hospitalité.

Le baron se détourna de ses visiteurs, et regagna la fenêtre. Il n'en laissa rien paraître, mais ses pensées étaient beaucoup plus sombres et agitées que Bronze ne le soupçonnait.

« Qu'ils se restaurent, songea-t-il. Que tous boivent et mangent à satiété, car nous risquons de ne plus en avoir l'occasion. »

Au même instant, une silhouette bardée de fer replia sa longue-vue et regagna l'auvent de sa tente, sur les rives du Loch.

— Le vieil Or-Azur commence à craquer, ricana la voix sous le masque ciselé. Il arpente ses remparts comme un shrink qui sent venir l'heure de l'abattoir.

Un petit homme chauve se prosterna devant lui, si bas, qu'il toucha le sol avec son front.

— Votre tactique est la meilleure, comme toujours, munificent baron Averroës. Les habitants de la citadelle sont aux abois. Ils n'ont pas mangé ni dormi depuis huit jours, alors que nous festoyons sous leurs yeux. Leurs mains tremblent. Leur regard se brouille. Nous en aurons raison sans difficulté.

— Parfait, mon bon Murne. Tu accomplis avec zèle ton rôle de superviseur. Notre dispositif d'attaque est-il en place ?

— Tout est prêt.

Le masque du baron se tourna vers le château. Les traits figés par l'acier étaient incapables d'exprimer la moindre pitié.

— Ce n'est pas un tas de cailloux qui arrêtera le baron Sixte Averroës. D'ici à ce soir, les pucelles d'Or-Azur ne le seront plus. Et des fleuves de sang embraseront les eaux du Loch.

Un couple de félins au pelage ténébreux sortit de la tente. Ils s'approchèrent du baron et vinrent frotter leur tête contre sa jambe, ronronnant de plaisir.

Murne fit un pas en arrière.

L'un des monstres braqua ses yeux rouges dans sa direction, et poussa un feulement. Murne avala sa salive : il avait horreur des cheyreks. Ces carnassiers n'étaient pas fiables, il en avait déjà vu se jeter sur leur maître et le mettre en pièces. Seul un homme comme le baron Averroës était capable de s'entourer de tels animaux de compagnie...

— Qu'y a-t-il, Murne ? demanda le baron en passant une main dans la fourrure noire. Tu as peur de mes bébés ?

— Non... Non. Je me demandais juste ce qu'avait donné l'interrogatoire.

Averroës interrompit son geste.

— L'interrogatoire ?

— Les personnes que vous nous avez demandé d'intercepter. Le troll, le jeune homme, les filles et leur père...

— Tu parles de Lanfeust ? Explique-toi.

La voix sous le masque avait pris une dangereuse intonation. Les genoux de Murne se mirent à trembler.

— Heu... Il semble qu'une patrouille les a croisés cette nuit. Un officier du baron Cairn serait venu vous remettre les prisonniers. Je... Je pensai que vous les aviez interrogés...

Averroës se redressa d'un bond. Il arma

son poing ganté de fer comme pour assener un coup terrible, puis le laissa finalement retomber. Il fit volte-face et disparut dans sa tente. Murne faillit s'évanouir de soulagement.

— Espèce d'imbécile ! Qu'est-ce que tu attends ? lui hurla Averroës entre les rideaux. Retourne aux préparatifs de guerre ! Et qu'on ne me dérange sous aucun prétexte. Je dois m'entretenir avec un vieil ami.

Le baron traversa la tente sans un regard pour les tapis de maître, les objets précieux incrustés de pierreries, les tableaux et décorations qui parsemaient la pièce. Tout n'était que prises de guerre, des richesses sans intérêt pour lui. Il se dirigea vers une armoire, fouilla dans un pot et en extirpa une clé. Il l'enficha dans le verrou et la porte pivota sur ses gonds. L'intérieur était doublé d'acier. De petits trous avaient été percés pour maintenir une aération. Une piteuse créature était vautrée à terre, les pieds et les mains entravés de lourdes chaînes. Averroës se saisit d'une coupelle de fruits et lui jeta avec dédain.

— Mange, vermine ! Un Sage d'Eckmül est un captif précieux, on doit le soigner. Je ne tiens pas à ce que tu perdes ton pouvoir.

Le vieillard trouva la force de murmurer entre ses lèvres craquelées :

— Que veux-tu encore, rejeton de l'Enfer ?

— Oh ! Pas grand-chose. Je veux juste savoir si tu ressens la présence d'un autre Sage à proximité.

— Tu peux me tuer, je ne t'aiderai pas. Tu peux profiter de mon champ de magie malgré moi, mais ma coopération s'arrête là.

Averroës joignit ses paumes et fit craquer ses doigts. Ils ondulaient et se crispaient comme les tentacules d'une pieuvre.

— Qui parle de te tuer ? Sois raisonnable, toi et moi savons parfaitement que tu ne supportes pas la douleur. Alors, je te le demande une dernière fois : y a-t-il un autre Sage, ici ?

La silhouette tendit une main tremblante vers le château.

— Par là, il y en a un. Entre les murs du Castel Or-Azur...

Un rire sec traversa le masque.

— Tiens donc ! Lanfeust et ses amis sont dans le château, et pourtant rien ne s'est produit ? Il ne peut y avoir qu'une explication : l'épée d'Or-Azur ne s'y trouve pas. C'est une mauvaise nouvelle pour Thanos, mais une bonne pour moi. Ils périront donc avec les autres.

Le baron verrouilla l'armoire et sortit de la tente. Il se campa devant les murailles, les poings sur les hanches. Le soleil plaquait une couche d'or sur les toits de la citadelle.

— Murne ! aboya-t-il, lance l'attaque, comme prévu. On commence par un peu de harcèlement. Débuter avec les catapultes et les archers incendiaires. Que les fantassins et les arkgnes se tiennent prêts pour cet après-midi. (Il décrocha sa hache et la brandit devant la forteresse.) Nous avons une citadelle à raser.

chapitre 12

Dans de beaux draps !

— Attention !

C'Ian chancela et se cramponna au parapet. Lanfeust passa un bras autour de ses épaules.

— Tu as failli tomber, dit-il. Ta blessure n'est pas complètement guérie. Tu es encore faible. Tu veux que je te porte ?

La jeune femme leva les yeux vers son fiancé. Ses traits étaient marqués par la fatigue. Elle esquissa un sourire.

— Tu es gentil, mais la faiblesse n'y est pour rien. (Elle hocha la tête en direction du vide.) C'est le vertige. Tu as vu à quelle hauteur on se trouve ?

La petite troupe, en compagnie du chevalier Bronze, traversait un pont de pierre qui enjambait la cour d'honneur. Lanfeust passa une tête par-dessus le parapet. Tout en bas, les soldats d'Or-Azur se déplaçaient en tous sens, tels des insectes dérangés par le coup de pied d'un géant. Le jeune homme haussa les épaules.

— Moi, le vertige, je ne sais pas ce que c'est.

— Normal ! gloussa Cixi. Quand tu étais petit, tu es resté coincé un jour entier en haut d'un arbre. À mon avis, tu as eu le temps de t'habituer...

Le garçon pinça les lèvres.

— Tu parles du grand mangrousier, derrière la maison de maître Nicolède ? J'y étais monté pour cueillir des fruits, et toi, toi... tu as retiré l'échelle !

— Cueillir des fruits, mmmh ? fit la brunette en se frottant pensivement le menton. Je croyais que c'était le jour où C'Ian prenait son bain, dans la chambre en face...

Lanfeust voulut répliquer, mais il émit seulement un borborygme inintelligible.

146

— Cixi ! intervint Nicolède, arrête de taquiner le fiancé de ta sœur.

Le vieux Sage observa les armées dans la plaine, puis s'adressa au chevalier Bronze.

— J'ai remarqué tout à l'heure que le baron Or-Azur paraissait très affecté par le nombre des assaillants. Je croyais que les guerres étaient une simple routine, en Hédulie ?

— Celle-ci n'est pas comme les autres, maugréa Bronze. Averroës a réuni des forces considérables. Des compagnies mercenaires recrutées à tour de bras, des Baronnies pillées, des châteaux incendiés, des centaines de victimes... Cela n'a rien à voir avec les joutes guerrières auxquelles nous nous livrons d'ordinaire. (Le chevalier balaya l'air du plat de la main.) Averroës a fait table rase des codes de l'honneur. Sa soif de conquêtes n'a aucune limite.

Le groupe franchit une porte et pénétra dans une tour spacieuse et confortable.

— Voici vos appartements. Nous avons aménagé ce relais pour les voyageurs, il est réservé aux invités de marque. J'espère qu'il est à votre goût.

Cixi sauta sur un matelas drapé de soie.

— Waouh ! Un vrai lit moelleux !

— Et là-bas, dit C'Ian, j'aperçois des vêtements propres, un miroir et un baquet pour se laver !

— Ben, y a rien à grignoter ? demanda Hébus

Bronze leva un index.

— N'ayez crainte, j'ai ordonné qu'on vous serve ce qu'il y a de mieux. L'hospitalité est une tradition, dans les Baronnies. Où que vous alliez, vous pourrez toujours séjourner dans l'un de nos confortables Relais & Castels.

Nicolède l'interrompit.

— Si ça ne vous ennuie pas, je souhaiterais consulter les archives au plus vite.

— Allons-y.

Le Sage et le chevalier abandonnèrent la tour pour s'enfoncer dans le labyrinthe du château. Ils arpentèrent des couloirs, courbèrent leur tête dans des tunnels étroits, grimpèrent des escaliers, franchirent d'autres couloirs, puis d'autres escaliers...

— C'est encore loin ? demanda Nicolède au bout d'un moment.

— Je prends les raccourcis. La bibliothèque occupe les plus hautes pièces du donjon.

— Des raccourcis ? (Le Sage s'arrêta sur

une marche pour reprendre son souffle.) Je me demande combien de temps prend le trajet ordinaire...

— L'intérieur du château est conçu pour ralentir les assaillants. En cas d'invasion, chaque carrefour, chaque encoignure est prétexte à une embuscade.

— À condition que les défenseurs ne soient pas morts de fatigue avant, bougonna Nicolède.

— Pardon ?

— Heu, rien... Quand arrivons-nous ?

— C'est en haut de ces marches.

Le Sage grogna de satisfaction.

— Au fait, mon cher Bronze, je suppose que vos archives possèdent un système de classement ? Auriez-vous déjà remarqué une quelconque allusion à l'animal fabuleux que l'on nomme « Magohamoth » ?

— Un système de classement ? Hum, à vrai dire... (Bronze arriva sur le dernier palier, ouvrit une porte en bois et s'écarta pour laisser passer le sage.) ... Nous ne classons rien. Nous ne sommes pas des rats de bibliothèque, vous savez. Je crains que vous ne deviez farfouiller un peu.

Nicolède s'arrêta sur le seuil de la pièce, ébahi.

Les archives occupaient toute la soupente du donjon. Sous les poutres vermoulues s'empilaient des monceaux de parchemins, des coffres débordant d'objets, des tableaux, des armes, des armures, des trophées, des tapisseries, des habits poussiéreux, des fourreaux usagés, des meubles bancals, et bien d'autres choses encore, dans le désordre le plus complet. Il y avait même une armature en bois ornée d'ailes de dragon, suspendue par des chaînes, qui se balançait dans les airs...

— Bon, je vous laisse, hein ? s'excusa Bronze.

Le chevalier referma la porte derrière lui. Nicolède s'assit par terre et lâcha un long, un très long soupir.

— Lanfeust ! Tu viens te baigner avec nous ?

Un jet d'eau éclaboussa le paravent derrière lequel les filles prenaient leur bain. La voix de C'Ian retentit :

— Cixi, voyons ! Tu as fini de dire des bêtises ?

— Hi ! Hi ! Hi !

Lanfeust, allongé sur le lit, observait distraitement le panneau de bois sculpté dissimulant les jeunes femmes. Hébus étais assis à une table, près de lui. Le troll s'appliquait à diminuer la hauteur d'un impressionnant empilement de victuailles.

— C'est idiot, dit Lanfeust. Nous sommes coincés ici, alors que le chevalier et son épée se trouvent à l'autre bout des Baronnies.

— Ah mouairf ? Scronch-chomp-chomp... J'aurais bien une idée. Slurp.

— Laquelle ?

Le troll détacha soigneusement un cuisseau de bœuf.

— Ben, on n'a qu'à attendre le début de

la bataille. On tue un ou deux sales types, et on file discrètement à la faveur de la confusion.

— Pas mal, mais un peu « troll », comme plan. Il faudrait laisser le temps à Nicolède de trouver ce qu'il cherche. S'il parvient à savoir où est le Magohamoth, la source même de la magie, l'épée ne sera plus importante.

Hébus engloutit le cuisseau d'une bouchée. Le son d'une aspiration puissante résonna dans la pièce. Il recracha l'os par la fenêtre, puis s'essuya avec la nappe.

— On n'a qu'à rester, alors. C'est encore mieux, on pourra massacrer plein de gens.

— Mais c'est affreux !

L'exclamation provenait de derrière le paravent. À l'abri des regards, C'Ian était sortie du baquet et se tenait nue devant le miroir. Elle contemplait la blessure dans son dos.

— Oui, c'est affreux, cette cicatrice, dit-elle.

Cixi s'attarda dans le bain et frotta ses longues jambes.

— Bof, c'est rien. Regarde, on t'a offert une sublime robe bleue pour cacher ça.

— Tu parles d'une consolation. Mmmm... Cela dit, voyons quand même cette robe...

Cixi enjamba à son tour le baquet et se plaça devant la glace, pendant que sa sœur essayait le vêtement et le faisait tourbillonner dans la lumière.

— Houlà, dit la brunette, j'ai grossi, moi. (Elle se mit de profil.) C'Ian, tu ne trouves pas que j'ai grossi ?

— Mais non, Cixi. Tu es très jolie.

— Je te dis que j'ai pris du poids.

— Tu racontes n'importe quoi.

— Mais si, regarde, là. Et là, aussi...

Lanfeust s'était endormi sur l'oreiller gonflé de plumes. Il ronflait paisiblement, les mains croisées derrière la nuque. Un hurlement le jeta littéralement hors de sa couche.

— Lanfeust ! Viens viiiite !

— Nom d'un pétaure !

Le jeune homme tomba du lit et atterrit sur le sol. Il fit un roulé-boulé.

— Tenez bon, les filles ! vociféra-t-il. J'arrive !

Il tira son épée, s'accrocha au lustre et traversa les airs, les deux pieds en avant. Le paravent explosa sous l'impact. Lanfeust atterrit au milieu des débris, paré à tailler l'adversaire en pièces.

— Que se passe-t-il ? brailla le jeune homme.

Cixi était nue devant la glace. Elle se tourna vers lui.

— Et toi, qu'est-ce que tu en penses ? dit-elle. J'ai grossi, non ?

Lanfeust déglutit bruyamment.

— Cixi, voyons ! fit C'Ian avec colère. Rhabille-toi tout de suite ! Lanfeust n'a aucune raison de s'intéresser à ton popotin. N'est-ce pas, Lanfeust ?

Le faciès du jeune homme était cramoisi. Sa gorge remua, mais aucun son n'en sortit.

— Et ferme donc cette bouche ! ajouta sa fiancée. Tu as vraiment l'air stupide !

Cixi pouffa et alla se rhabiller derrière une tenture. Hébus en profita pour intervenir.

— Heu, dites, puisque je vois que vous avez terminé votre bain, ça ne vous dérange pas si je bois l'eau ?

C'Ian le dévisagea, interloquée.

— Pardon ?

— Bah, oui, dit le troll en reniflant le baquet. C'est que je suis toujours enchanté, moi. Un troll qui n'a pas le droit de manger la viande, il a quand même le droit de goûter au bouillon, non ?

Lanfeust voulut répondre, mais un sifflement monta dans les airs et se rapprocha rapidement. Il tendit l'oreille.

— C'est curieux, ce bruit. On dirait un gros objet qui se déplace dans les airs. Un peu comme un rocher. Heureusement que ça vole pas, ces trucs-là, ha ! ha ! ha !

La seconde d'après, le mur explosa.

Un roc de la taille d'un chariot s'engouffra dans la pièce. Il roula, défonça le lit, et fracassa le baquet, le réduisant à la taille d'une crêpe de métal contre le mur opposé.

Les uns et les autres se regardèrent : par miracle, aucun n'avait été blessé.

— Flucre, alors ! maugréa Hébus. Ils m'ont renversé mon bouillon.

C'Ian glissa un œil à travers l'ouverture béante. Des ombres grises sifflaient tout autour d'eux.

— C'est Averroës, il tire à la catapulte !

La porte s'ouvrit à toute volée. Un soldat entra, les yeux écarquillés, les cheveux à demi roussis.

— Incendie ! Incendie ! cria-t-il. Tous les volontaires dans la cour !

Le soldat disparut dans l'escalier. Sa voix continua de retentir dans les étages.

— Il faut quitter cet endroit au plus vite, dit Lanfeust. Cette tour est trop exposée. Les filles, allez vous mettre à l'abri dans les sous-sols du donjon. Hébus et moi allons prêter main-forte aux défenseurs.

Les compagnons sortirent de l'appartement et s'engagèrent dans l'escalier. Ils descendirent les marches aussi vite que possible. Des chocs sourds résonnaient contre les parois, ébranlant la structure de la tour. Une secousse plus importante que les autres fit trembler le bâtiment, et Cixi disparut dans un nuage de poussière.

— Pouah ! cracha-t-elle, toussant et agitant les mains. C'était bien la peine de prendre un bain.

La troupe jaillit sur un chemin de ronde. Le regard de Lanfeust fit le tour du château : des nuées de flèches criblaient le ciel, des maisons gisaient éventrées, des tours brûlaient. Au milieu du chaos, des sergents aboyaient des ordres et des soldats se passaient des seaux pour contenir l'incendie.

— En avant ! hurla le jeune homme.

Ils s'élancèrent à découvert, Hébus en tête, suivie de C'Ian et Lanfeust. Cixi fermait la marche. Un grondement retentit derrière la brunette. Elle se retourna : le chemin derrière elle avait disparu. Il venait de s'effondrer, emporté par le tir d'une catapulte. La jeune femme contempla le sol se lézarder, paralysée de terreur. Les moellons se détachaient dans sa direction. Un par un. De plus en plus près. Soudain, le chemin se déroba sous ses pieds et elle bascula dans le vide.

Elle hurla.

Une main velue saisit son poignet. Un souffle d'air balaya ses cheveux. Sa vue changea d'angle, et elle se retrouva en terrain ferme. Hébus lâcha son bras. Elle était de retour sur le chemin de ronde. Un sourire éclairait le visage du troll.

— Sacrée pirouette, hein ? Huk ! Huk ! Huk !

— Un cauchemar, c'est un véritable cauchemar...

Un grondement sourd monta dans la plaine.

— Le donjon ! répéta Lanfeust. Il faut vous y rendre, avant qu'il soit trop tard !

Le bruit s'intensifia. Les compagnons se regardèrent : aucun rocher de catapulte n'était capable de produire un son pareil. Ils cherchèrent autour d'eux. La réponse vint des soldats qui étaient embusqués sur les remparts. Ils criaient et agitaient les bras :

— Les arkgnes ! Les arkgnes attaquent !

chapitre 13

Le bruit et la fureur

Les arkgnes de combat sont des créatures redoutables que les Barons d'Hédulie ont créées dans leurs laboratoires d'hybridations — à ce propos, notez que le terme « laboratoire » désigne essentiellement une fosse pleine d'araignées d'espèces différentes, au milieu desquelles on balance quelques paysans bien gras.

Au bout d'un certain nombre d'hybridations et de paysans, les Barons obtiennent une variété d'araignée géante très docile. Ils s'en servent comme monture pour escalader les remparts d'une forteresse ennemie. Et comme toute forteresse qui n'est pas à eux est considérée comme ennemie, ça fait beaucoup de remparts à escalader. C'est pourquoi il faut beaucoup d'arkgnes, et autant de paysans. Oui, dès qu'il s'agit de guerroyer, c'est fou ce que les Hédules ont le sens pratique.

Les arkgnes, donc, forment toujours la première vague lors d'un siège. Elles grimpent en tissant derrière elles des fils d'une solidité exceptionnelle, qui permettront à l'infanterie de se hisser vers les créneaux.

Lutter contre ces horreurs velues se résume en une phrase : il faut les dissuader de monter. Comme la négociation ne donne généralement pas grand-chose avec elles, la projection d'huile bouillante reste le moyen le plus employé. En effet, l'huile possède un double avantage : elle carbonise les arkgnes, et laisse flotter sur le champ de bataille une agréable odeur de friture. Même si on perd la bataille, c'est toujours ça de gagné.

— Descendez, mademoiselle. Je ne vous le redirai pas.

C'Ian se tenait devant la porte du donjon. Sa sœur s'était déjà engouffrée dans l'ouverture, et l'officier n'attendait plus qu'elle pour barricader la porte. Elle tendit sa main vers son fiancé, les yeux embués de larmes.

— Sois prudent, mon Lanfeust !

— Ne t'inquiète pas, ma douce...

— Je t'aime !

— Moi aussi, je t'aime. Embrasse-moi...

Lanfeust ferma les yeux et tendit ses lèvres. C'Ian s'approcha. Une main le tira brusquement en arrière... et il se retrouva sur les épaules de Hébus.

— Hé ! Ça va pas ? !

— Plus tard, les galipettes, grommela le troll. On a plein de gens à tuer.

Hébus bondit de marche en marche, enjambant les escaliers jusqu'au sommet des remparts. Il déposa Lanfeust en face d'un groupe de défenseur occupés à déverser une gigantesque cuve.

— Regarde ça, dit le troll, ils sont déjà en train de verser de l'huile sur les bestioles.

Un capitaine bouscula Lanfeust.

— Ne restez pas ici, cria le militaire. Nous sommes débordés ! Je n'ai jamais vu autant d'arkgnes. Dans quelques minutes, toute la zone va être infestée !

Des flots bouillonnants tombaient des cuves, emportant les créatures. Mais des centaines d'autres montaient derrière.

— Que peut-on faire ? cria Lanfeust dans la tourmente.

Le capitaine tira son épée et le fixa droit dans les yeux.

— Rien, répondit-il, à part se battre jusqu'à la mort. Le terrible baron Averroës a juré notre perte, et il dispose de milliers d'hommes. Peu lui importe de les sacrifier par poignées entières. Tôt ou tard, ils prendront pied sur les remparts, et ce sera la fin.

Lanfeust contempla l'ampleur du désastre.

— Ce n'est pas possible, dit-il, non...

— ...pas possible du tout ! s'exclama Nicolède. Je ne vois pas comment me concentrer au milieu d'un tel vacarme !

Le Sage jeta le livre qu'il tenait entre les mains. Il tremblait de colère, chaque seconde de perdue les rapprochait un peu plus de la catastrophe

— Mille grimoires, rien n'est rangé, ici ! Pas d'index, pas de classement !

Il s'assit par terre, ferma les yeux et se massa les tempes.

— Reprends ton calme, mon vieux Nicolède. Tu es certain qu'un ancêtre des Or-Azur a rencontré le Magohamoth. La preuve se trouve forcément ici. (Il regarda autour de

162

lui, à la recherche d'un indice quelconque.)
Être le premier Sage à entrer en contact avec
la bête des légendes, ce serait fabuleux...

— C'était le dernier tonneau d'huile.

Hébus et Lanfeust lâchèrent la corde et le
chaudron vide reprit sa position normale sous
la potence de déversement. Ils avaient aidé
les troupes harassées par les tirs de flèches et
de catapultes, mais leurs défenses s'étiolaient.
Le désespoir avait envahi le regard des soldats.

— Il reste encore une chose que je peux
faire, dit Lanfeust. Capitaine, démontez les
grilles et placez-les dans les chaudrons.

— Les grilles ? Pourquoi faire ?

— Dépêchez-vous, sans poser de question !

Hébus s'approcha du rempart.

— Gottferdom ! Les monteurs d'arkgnes
ont remarqué que l'huile s'épuisait, ils
remettent ça !

Des centaines de masses noires grossis-
saient lentement, grimpant depuis la base de
la forteresse. Le troll se gratta la panse.

— 'Tendez une minute, mes gaillards. J'ai
un ou deux tours dans mon sac, moi aussi.

Il s'approcha du bord et souleva son

pagne. Les secondes s'égrenèrent. Quelques dizaines de toises plus bas, un premier cri retentit. Puis beaucoup, beaucoup d'autres...

— Au secours !

— Ils déversent une arme secrète !

— Ahhhrrrr... ça brûle...

— De l'acide ! Ils ont de l'acide !

Les arkgnes et leurs cavaliers se détachaient du mur par grappes entières, emportant d'autres assaillants dans leur chute.

— Qu'est-ce que vous faites ? demanda un soldat à Hébus.

— Ben, vous voyez bien, je leur urine dessus.

— Et ça marche ?

— Ben, vous entendez bien, ils tombent.

— Et, heu... vous pouvez faire ça longtemps ?

Le troll se secoua au-dessus des remparts.

— Ah, ça, ça dépend de vos réserves de bière...

Lanfeust lui tapa sur l'épaule.

— C'est bon, Hébus, arrête de t'amuser, les grilles sont en place. Écartez-vous tous !

L'apprenti forgeron vrilla son regard sur sa cible. Ses cheveux se soulevèrent dans les airs, et une aura rougeâtre l'enveloppa. Le métal commença à fumer. Des murmures s'élevèrent parmi les soldats. Les grilles se déformaient, coulaient lentement, remplissant la cuve de métal en fusion...

— De la magie ! s'exclama un soldat. C'est un sorcier, il faut le brûler !

Son capitaine lui envoya une claque derrière la nuque.

— Ça va pas, non ? Tu vois bien qu'il est avec nous.

— Allez-y, dit Lanfeust avec un sourire carnassier. Versez-leur un peu d'acier en fusion, ça les calmera.

Pendant ce temps, dans le sous-sol du donjon, les dames du château conversaient à voix basse. C'Ian se tenait parmi elles, étreignant les mains des plus faibles.

— Cette attente est insupportable pour nous toutes. Mais ne vous en faites pas, je suis sûre que tout se passera bien.

— Tu parles ! grogna Cixi, qui faisait les cent pas dans la pièce. Je ne supporte plus de rester là sans rien faire. Toi, reste ici. Tu es encore trop faible pour courir sous les flèches. Moi, je sors, je trouverai bien le moyen de me rendre utile.

Une dame de compagnie écarquilla les yeux.

— Regardez ce qu'elle fait : cette fille est complètement folle...

C'Ian se tourna vers la porte.

— Cixi, reviens !

Mais le battant entrebâillé était désert, laissant seulement filtrer l'odeur âcre de la fumée et la clameur des combats. C'Ian referma la porte. Sa sœur était déjà partie.

— Pour Or-Azur, tenez bon !

Le combat faisait rage sur le rempart sud, où Lanfeust et Hébus avaient rejoint les défenseurs menés par le chevalier Bronze. Les soldats dansaient sur les créneaux, tournant et virevoltant comme des diables pour faire face au arkgnes. Les créatures montaient inlassablement, tel un fleuve en crue.

— Exterminez cette vermine ! hurla Bronze.

Le soldat qui combattait avec lui ne répondit pas : il était déjà mort, le thorax écrasé par une paire de redoutables mandibules. Le chevalier tourna la tête, une arkgne avançait dans un horrible crissement. Il leva un bras pour protéger son visage.

— Sang et fumées, murmura-t-il.

Le crâne de l'arkgne explosa sous un énorme coup de masse.

— GRROOAAAR !

Le cri de guerre de Hébus déchira le chant de bataille.

— Ouais, moi pareil ! renchérit Lanfeust à ses côtés.

Les deux compagnons plongèrent dans la tourmente, protégeant les flancs du chevalier Bronze. Leur vue se teinta de rouge. Les épées volaient aussi vite que le vent, tranchant têtes et pattes. Hébus flanquait des coups de masse dévastateurs qui projetaient les montures dans le vide. Le jeune homme aux cheveux roux plongeait, frappait et se

redressait, aussi mortel qu'une tornade d'acier. Les hommes d'Averroës tombaient les uns après les autres.

Bronze ricana, galvanisé par la violence.

— C'est un plaisir de voir votre ami à l'œuvre, lança-t-il à Lanfeust.

Ils se tournèrent vers le troll : ses yeux n'étaient plus que deux minces fentes rougeâtres. Entre un claquement de mâchoire et un coup de masse, Hébus déchirait ses adversaires à main nue comme s'il s'agissait de fétus de paille.

Le regard de Lanfeust se porta au-delà.

— Mille enclumes ! Ils ont débordé les défenses Est !

Le chevalier Bronze opina, d'un air grave.

— Ils ont pénétré la première enceinte. Ils vont abaisser le pont-levis. Cette fois, c'est la fin.

Soudain, une silhouette vêtue de rouge surgit sur les remparts.

— Lanfeust, Hébus, venez ! Le baron Or-Azur est cerné près de l'échauguette, il a besoin d'aide !

Le jeune homme n'en croyait pas ses yeux.

— Cixi ! Qu'est-ce que tu fais là ? !

— Je vous informe, sourit la brunette.

Averroës a sonné la charge, il arrive avec une horde de dracosaures. Si vous ne vous dépêchez pas, Or-Azur va y laisser ses derniers cheveux.

— On y va ! cria Lanfeust.

Averroës contempla les flammes qui montaient dans le ciel. Elles teintaient les nuages d'or et de rouge, l'horizon entier paraissait en sang. Un rictus de satisfaction déforma les lèvres sous son masque.

— Bien, mon bon Murne. Tes arkgnes et leurs cavaliers ont correctement rempli leur devoir en mourant pour moi. À mon tour, à présent. Les dracosaures sont frais, ma hache s'impatiente. Cela va être un régal.

Le pont-levis était abaissé. Les soldats étaient dans la place. Seul un petit groupe lui tenait encore tête. Et, parmi eux, une silhouette : un vieil homme en cape bleue, le front ceint d'un diadème de seigneur.

— Mmmm, murmura Averroës. Le vieux Or-Azur en personne mène la résistance. Le destin m'offre une friandise... (Il leva sa hache.) Chargez !

Lanfeust se glissa sur un côté d'Or-Azur.

Hébus fracassa le crâne d'un assaillant, et se plaça de l'autre.

— Venez, Baron ! dit le jeune homme. Ils sont partout, vous devez immédiatement vous réfugier dans le donjon.

— Jamais ! hurla le baron à l'adresse des assaillants. On ne me prendra pas vivant, vous allez voir comment meurt un Or-Azur !

Hébus écrasa un autre soldat dans un hideux craquement.

— Soyez raisonnable, dit le troll. Comment voulez-vous qu'on vous sauve si vous restez là ?

— Me sauver ? Sûrement pas ! Si mon fils était là, c'est lui qui...

Cixi jaillit d'une encoignure, et balança une pierre dans la figure d'un autre soldat.

— Votre fils, dit-elle, justement, parlons-en : où est-il ?

— Au grand tournoi de Culhaig. C'est à l'autre bout du pays. La nouvelle du siège n'a pas eu le temps de lui parvenir...

Un grondement de tonnerre noya la suite de ses paroles : une cavalerie composée de plusieurs dizaines de dracosaures s'engouffra dans la cour. Or-Azur leva son épée.

— J'arrive, Averroës !

Il dégagea le bras de Lanfeust qui le tenait encore, et se précipita sur son adversaire.

— Non ! hurla le jeune homme.

— Laissez-le, intervint Bronze. Mon maître est le plus noble des hommes. Il doit agir selon son honneur, sinon son âme ne rejoindra pas le séjour des braves.

Lanfeust regarda le baron s'enfoncer dans la mêlée. Averroës vociféra un cri de guerre. Les deux hommes se rencontrèrent au milieu du champ de bataille. La clameur des combats sembla s'évanouir.

Or-Azur se fendit, et envoya un coup de lame foudroyant. Averroës tira sur la bride de son dracosaure, et l'épée siffla dans le vide : le baron avait manqué son coup. Le masque du tyran brilla dans la lueur des flammes, et la lame d'Averroës fendit les airs à son tour. Il y eut un bruit terrible. La tête d'Or Azur vola au-dessus du champ de bataille, et retomba dans la poussière. Un rire sinistre monta sous le masque.

Averroës lécha le sang sur la lame.

— Or-Azur est mort, mais son sang a encore le goût de la peur. Pillez ! Brûlez ! Incendiez ! Que cette forteresse soit réduite à néant !

chapitre 14

Le crépuscule des titans

Les portes du donjon se refermèrent derrière Lanfeust avec un claquement sinistre. C'Ian accourut aussitôt vers lui.

— Mon amour, tu es blessé ?

— Non, souffla rageusement le jeune homme. Ce sang n'est pas le mien.

— Pourquoi cette hargne ?

— Le chevalier Bronze a voulu rester dehors. Ils sont tous fous, par ici. Ils préfèrent mourir plutôt que de tenter de s'échapper.

Cixi regarda avec horreur les jeunes

femmes du château se verser des verres de poison. Elles ne montraient aucune tristesse, résignées à disparaître sans laisser la moindre chance à leur ravisseur de leur faire du mal.

Hébus s'approcha de la brunette et posa doucement une patte sur son épaule.

— Ne vous inquiétez pas, douce Cixi. Tant que je serai là, personne ne vous touchera. Je le croquerai avant, c'est promis. Huk ! Huk !

Une odeur âcre envahi la pièce et une langue de flammes se coula sous la porte, tel un dragon venu renifler la serrure.

— Funérailles ! L'incendie gagne les sous-sols, dit Lanfeust. Pas le choix : il faut monter dans le donjon.

Il s'engagea dans l'escalier. Hébus lui emboîta le pas. C'Ian et Cixi hésitèrent, le temps d'accorder un dernier regard aux femmes recluses dans le souterrain. Aucune n'esquissa le moindre mouvement. Les deux sœurs déglutirent en silence, puis s'élancèrent à leur tour sur les marches.

Quelques étages plus haut, juché sur une pile de vieux grimoires, maître Nicolède était plongé dans l'étude d'un parchemin poussiéreux.

Il s'épongea le front. Était-ce la concentration ou bien la température de la pièce avait augmenté depuis quelques minutes ? Il revint à sa lecture.

— ... Ainsi que le contaient les Anciens, notre preux ancêtre vint à rencontrer la Bête douée de Magie...

— J'y suis presque, murmura le Sage.

D'une main moite, il essuya les gouttes qui perlaient sur ses tempes, puis tourna la page.

— ... Tout est révélé sur son bouclier : l'écu des Or-Azur. Que celui qui cherche la connaissance examine attentivement les caractères gravés au centre du métal. Chaque paragraphe révèle le périple de notre ancêtre, et sa rencontre avec l'animal fabuleux que l'on nomme Magohamoth.

Nicolède se frappa le front du plat de la main.

— Nom d'un codex ! Le bouclier !

Il bondit au milieu de la pièce. Là, cloué sur la poutre centrale, l'écu des Or-Azur attendait sous une épaisse couche de poussière. Le vieux sage l'arracha et contempla le métal de près : un texte y était effectivement ciselé. Il se mit à danser la gigue en tenant le bouclier devant lui.

— Dire que je l'avais sous les yeux depuis le début ! Je sais maintenant comment retrouver le Magohamoth, c'est formidable !

La porte des archives explosa. Le Sage sursauta. Hébus fit irruption dans la pièce, suivi de Lanfeust, C'Ian et Cixi.

— Nicolède, le donjon est en feu !

— Il faut partir immédiatement !

— En feu ? (Le vieillard s'épongea une nouvelle fois.) Ah, je comprends pourquoi il fait si chaud, maintenant.

— Père, dit C'Ian, as-tu trouvé ce que tu cherchais ?

Nicolède brandit triomphalement le bouclier. Au même instant, l'escalier du donjon s'effondra dans une gerbe de flammes.

— J'ai le Magohamoth ! dit Nicolède. Nous sommes sauvés !

— Nous n'avons plus d'escalier ! cria C'Ian. Nous sommes perdus !

— Pas de panique, intervint Hébus.

Cixi leva les bras au ciel.

— Hein ? ! Comment ça, pas de panique ? Le donjon brûle, et il n'y a pas d'issue !

— C'est un point de vue négatif, ça, fit le troll en levant son index. Ça pourrait être pire. On pourrait, heu, je sais pas, moi, être en train de se faire dévorer par un dragon, par exemple...

— Un dragon, voilà ce qu'il nous faut ! (Lanfeust se tourna vers le troll.) Hébus, tu es un génie ! Les filles, réunissez toutes les cordes que vous pourrez. Maître Nicolède, calculez-nous une trajectoire de vol. Quant à toi, Hébus...

Le garçon désigna l'armature de bois flanquée d'ailes de dragon suspendue au milieu de la pièce. Un sourire de défi illuminait son visage

— ... Décroche-moi ce truc. Je sais comment on va s'enfuir d'ici.

Le baron Averroës dégagea sa hache du corps ensanglanté qu'il venait de trancher. Le cadavre s'effondra à ses pieds. Il regarda autour de lui : le château de son ennemi n'était plus que cendres et ruines. De chaque bâtiment montaient des lambeaux de fumée noirâtre. Au loin, un éclair déchira les nuages, suivi d'un long roulement.

— Murne ! tonna l'homme sous son masque de fer, où en est-on ? L'averse ne va pas tarder à tomber et j'ai horreur de me battre sous la pluie. On glisse dans le sang des vaincus, et on finit toujours par se tordre une cheville...

Murne se fraya un chemin entre les soldats et se courba devant son maître.

— Hélas, mon Seigneur, il n'y a aucune trace des cadavres que vous recherchiez, ni du chevalier Or-Azur. Seul son père a péri de votre main. Mais, à n'en pas douter, Lanfeust et ses amis brûlent dans le donjon, à l'heure qu'il est..

Le baron contempla la tour. Elle ressemblait à une torche. Sa voix s'éleva à nouveau, glaciale.

— Je l'espère pour toi. Parce que dans le cas contraire...

Averroës s'interrompit. Une ombre ailée venait de quitter le toit. Un dragon ? Impossible ! Il ne survivrait pas au climat d'Hédulie. Alors quoi ?

— Yabaha ! hurla quelqu'un dans le ciel.

Le baron étrécit les yeux. Le « quelqu'un » en question possédait une tignasse rousse reconnaissable entre mille.

— Sang de cheyrek vérolé : Lanfeust !

— Regardez ! crièrent des soldats. Ils volent !

Le jeune homme, juché au sommet de l'armature de bois, planait en dirigeant les ailes de dragon grâce aux cordes tendues. En dessous se tenait Hébus, fermement cramponné au cadre, tandis que Nicolède, C'Ian et Cixi s'étaient ceinturés à lui et fermaient les yeux.

— Ne les laissez pas s'évader ! hurla Averroès. Archers, catapultes : tirez ! Tirez tout ce que vous avez !

Des volées de flèches sifflèrent, mais le curieux véhicule planait bien trop haut pour être atteint. Lanfeust lança un rire, les cheveux aux vents.

— Alors les filles, c'est chouette, les voyages aériens, hein ?

Un grondement de tonnerre couvrit leur réponse. Dans un immense nuage de poussière et de feu, le donjon d'Or-Azur venait de s'effondrer. Sa chute emporta une première tour, puis une seconde.

— Les tours ! dit Nicolède, les tours s'effondrent !

— On nous a pas raconté quelque chose à propos de ça ? grogna Hébus.

Le Sage s'était décidé à ouvrir les paupières. Au-dessous de lui, les eaux du lac bouillonnaient.

— La légende, bredouilla-t-il. Les tours

d'Or-Azur sont tombées, la créature du Loch se réveille...

En bas, sur le chemin de ronde, Averroës dut se cramponner aux remparts pour ne pas basculer. La forteresse tremblait sur ses bases. Les vagues du lac se soulevaient par saccades. Le baron écarquilla les yeux : une île était apparue au bord du lac, surgissant des profondeurs.

Non, pas une île... *Quelque chose.* Une créature. D'une taille inimaginable.

— Cela ne... se peut... pas, s'entendit murmurer Averroës.

Son armée entière s'était tue devant le phénomène. La chose émergea dans un silence sépulcral. Elle avait l'apparence d'un immonde ver recouvert d'écailles. Sous son ventre gigotaient des douzaines de pattes atrophiées, dont la plus petite aurait éventré sans peine un dracosaure adulte. Le monstre monta dans le ciel, déployant son corps immense au-dessus de la forteresse. Son envergure paraissait sans limite. Un éclair illumina les nuages au-dessus de lui, et ses crocs s'écartèrent. Un rugissement venu du fond des âges emplit la plaine.

— Hébus, tourne ! hurla Lanfeust. On se dirige droit dessus !

— Mais c'est toi qui diriges les commandes !

— M'en fiche !

— D'accord, d'accord, grommela le troll.

Il donna un coup d'épaule et il y eut un craquement. L'aile volante changea de cap. Lanfeust poussa un cri. Sa selle improvisée avait été arrachée par la manœuvre. Il tomba dans le vide.

— Et voilà, gémit Hébus. C'est lui qui a insisté, mais on va encore dire que c'est de ma faute...

Le jeune homme, à sa grande surprise, se reçut sans dommage quelques mètres plus bas.

— Waou ! siffla Lanfeust, je suis tombé en plein sur le chemin de ronde. Quel coup de chance !

— Curieux : c'est exactement ce que j'allais dire.

Le garçon leva les yeux. Averroës se tenait devant lui, la hache à la main. Le baron ricana :

— Cette fois ton heure est arrivée, cloporte !

Lanfeust eut à peine le temps de brandir l'écu des Or-Azur — et de remercier le ciel de l'avoir emporté pour débarrasser Nicolède.

La hache rebondit dessus avec un son métallique. Il se releva et engagea le combat.

Derrière les deux adversaires, le monstre du Loch parut intrigué. Ses paupières papillotèrent. Il rapprocha sa tête titanesque : qui étaient ces curieux insectes qui osaient se battre devant lui, sans prêter attention à son écrasante supériorité ?

Lanfeust évita de justesse un nouveau coup. Dans l'ardeur du combat, son cerveau s'était mis à fonctionner à toute vitesse : Averroès n'était pas seulement un adversaire redoutable, il était aussi en pleine forme. Le jeune homme, lui, cumulait un périple de plusieurs jours, des estafilades multiples, et un cruel manque de repos. La conclusion s'imposait d'elle-même : il n'avait aucune chance.

« Voyons, songea-t-il, si je veux *à la fois* échapper à Averroès, à une chute dans le vide et à la mâchoire du monstre, il ne me reste qu'une solution. »

Lanfeust se tourna, sauta... et atterrit sur la tête du monstre.

— Ha ! Ha ! Ha ! cria-t-il à l'intention d'Averroès. Viens me chercher, maintenant !

Le baron félon ne répondit pas. Au lieu de cela, il bondit à son tour, lança une main et se cramponna à la corne nasale du grand ver. D'un rétablissement, il prit pied sur les écailles. Il était de retour face à Lanfeust.

— Tu disais, espèce de couard ? sourit Averroës.

Le monstre remua sous eux, et chacun vacilla quelques instants. Un éclair crépita dans le ciel. L'orage avait commencé.

Le baron fut le premier à reprendre son équilibre. Il s'avança sur Lanfeust, la hache levée. Les pieds du jeune homme glissaient sur les écailles, rendues huileuses par la

pluie. Impossible de se redresser. Lanfeust regarda son adversaire, les yeux écarquillés.

— Funérailles, murmura-t-il entre ses dents, cette fois...

— Saute ! hurla Nicolède.

Lanfeust regarda vers le bas. Ses compagnons étaient parvenus à atterrir sains et saufs. Le Sage faisait de grands gestes et désignait le ciel.

— Les éclairs ! Saute ! répéta-t-il.

L'ombre d'Averroës s'étendit sur lui.

— C'est fini pour toi, vermine ! gronda la voix sous le masque.

Au lieu de se défendre, Lanfeust lâcha prise. Il tomba. Sa chute fut vertigineuse, et se termina dans l'eau, plusieurs dizaines de coudées plus bas. Le baron hurlait de rage.

L'éclair le frappa à cet instant.

La foudre, attirée par le métal de la hache, tomba sur Averroës, s'engouffra dans son torse, et ressortit par les jambières de son armure. Elle traversa les écailles du grand ver, se rependit dans le corps du monstre, et jaillit avec puissance à l'autre extrémité, avant de se dissiper dans les eaux du Loch.

L'homme et la créature de légende s'abattirent dans un bruit de tonnerre. Ils coulèrent ensemble dans les flots bouillonnants.

Quelques secondes plus tard, il ne restait plus aucune trace de l'homme masqué.

Lanfeust émergea de l'eau, soutenu par Hébus.

— Tu m'en veux pas, dis ? demanda le troll.

Le jeune homme lui sourit. De la boue maculait ses dents.

— Mais non — pchouitt ! — gros balourd. Il me fallait justement un peu d'action, je commençais à rouiller...

— Il est sain et sauf, je le savais ! s'écria C'Ian.

Elle lui sauta dans les bras et ils s'embrassèrent fougueusement.

— Pfff ! grogna Cixi. C'est bien le moment de se faire des papouilles dégoûtantes...

Nicolède étreignit à son tour les épaules du garçon.

— Je suis fier de toi, Lanfeust. L'éclair a frappé à mort le monstre, mais tu as fait preuve d'un courage extraordinaire. Averroës est mort, et tu nous as tous sauvés.

— Tenez, répondit le jeune-homme en tendant le bouclier. Je vous ai rapporté l'écu des Or-Azur. Heu, désolé s'il est un peu ébréché, mais j'ai dû un peu m'en servir...

— Ce n'est pas grave, sourit Nicolède. (Son regard fit le tour de la petite troupe.) Nous avons réussi, les enfants. Nous sommes sains et saufs. Nous avons réussi.

Épilogue

Le chant d'un coligracile à plumes rouges s'éleva dans le petit matin, lançant des trilles de joie.

Lanfeust ouvrit un œil. Les premiers rayons du soleil rasaient les nappes d'herbes épaisses sur lesquelles s'étaient déposées des gouttes de rosée. Une odeur de bruyère et de foin coupé imprégnait l'atmosphère. Dans le ciel printanier s'effilochaient des nuages blancs, presque transparents.

Le jeune homme s'étira, la joue caressée par un rayon de soleil.

— Mmmm... Qu'est-ce que j'ai bien dormi, moi...

— C'est une journée magnifique, n'est-ce pas ? dit C'Ian en déposant auprès de lui un bouquet de fleurs sauvages.

La jeune femme s'était éveillée un peu plus tôt. Elle replia sa robe pour éviter de la froisser et s'assit avec précaution sur une pierre, à côté de son fiancé. Le tissu bleu et délicat de son vêtement roula machinalement entre ses doigts.

— C'est drôle, dit-elle. Cette robe est magnifique. Et voilà tout ce qu'il reste d'Or-Azur.

Lanfeust contempla les ruines fumantes du château. De temps en temps, une odeur de cendre venait encore lui chatouiller les narines. Depuis la butte sur laquelle il se trouvait, il pouvait embrasser la plaine entière, jusqu'aux contreforts montagneux qui montaient grignoter le ciel, au-delà du Loch Ténébreux.

— J'en ai assez d'être un héros, dit-il. Je voudrais qu'on passe plus de temps tous les deux, rentrer chez nous, retrouver notre village...

— Impossible, le coupa Nicolède.

Le vieux Sage, flanqué de Cixi, avait surgi derrière lui. Il tenait toujours le bouclier des Or-Azur à la main. Un sourire radieux éclairait ses traits rosis par l'air frais.

— Ce n'est pas le moment de baisser les bras. (Il tapota l'écu.) Nous avons ici la preuve irréfutable que le Magohamoth n'est pas une légende. Et grâce à ce texte, nous allons pouvoir le retrouver. Enfin, quand je l'aurai entièrement déchiffré...

— Ça veut dire qu'on repart à l'aventure ? demanda la brunette.

— Ça veut dire qu'on fait les choses dans l'ordre. Avant tout : l'épée d'Or-Azur.

— Encore !

— Rien n'est changé, ma fille. Si Thanos s'en emparait avant nous, il mettrait le continent à feu et à sang. Aucun village ne serait plus en sécurité. Le monde de Troy tout entier finirait par subir le sort de Castel Or-Azur.

Un grognement s'éleva. Hébus, qui somnolait jusque-là, s'étira à son tour.

— Si j'ai bien compris, dit le troll en se frottant les paupières, c'est reparti pour la balade, les monstres et la bagarre ?

— Pfff... soupira Lanfeust. Ça va encore me faire du boulot, ça.

Hébus lui envoya une claque dans le dos.

— T'inquiète ! Je suis là pour veiller sur tes poulettes. (Il se tourna vers le Sage.) Alors, où est-ce qu'on va ?

— Au tournoi de Culhaig. C'est là que nous trouverons le chevalier et son épée.

— Un tournoi ? dit Cixi. C'est pas ce truc plein de beaux paladins en quête de demoiselles ? Un endroit avec des épreuves dangereuses, des combats à la lance, des joutes contre des créatures incroyables, des troubadours qui chantent des histoires, des banquets, des chevaliers noirs mystérieux, des héros séduisants, et tout ça ?

— Oui. Mais c'est à l'autre bout du pays.

— Si loin ? sourit la brunette. Alors, qu'est-ce qu'on attend pour se mettre en route ?

Fin